京都ＳＦアンソロジー

ここに浮かぶ景色

井上彼方 編

KAGUYA
Books

社会評論社

序

千二百年の都？
いいえ、私たちの棲む町。

京都は観光地です。何を当たり前のことを……と思われるかもしれませんが、もう少しお付き合いください。

観光地であるとはどういうことか。それは端的に言うと非日常を求められるということです。千二百年の都、祇園、寺、嫌味な京都人、たくさんの祭り、変な大学生、鴨川……。実際京都という町は、京都らしい名物にも、ＳＮＳでバズりそうな土地柄のエピソードトークにもことかきません。旅行で訪れたことがあり、〈自分にとっての京都像〉を持っている人も多いでしょう。そして非日常を求められるという京都の特徴は、フィクションに見られる京都像にも影響を与えているように思います。

でもそんなふうに〈京都〉なるものが消費されることには違和感もあります。少なくとも私が京都で送っている日常生活の中で、町の歴史が何年であるかということが意味を持つことはありませんし、あちこちにあるお寺も風景に溶け込んでいて意識にのぼることはありません。市内には確かに大学生がたくさんいますが、変人扱いされる人というのはどのコミュニティにも一定数いるものです。京都としてイメージされるものが〝嘘〟というわけではないのですが、パッケージ化されているそれらは京都での日常とは少し乖離しています。そしてそもそも、〈京都〉のイメージの中には京都市以外の京都府が含まれていないことも多いように思います。

〈京都〉のパッケージからは取りこぼされてしまうもの、京都らしさの背後にある人々の生活や歴史や地理的基盤、京都らしさとは離れたところでひっそりと息づいているものたちのことを大切にしたいと考えながら、このアンソロジーを編みました。

そしてこのアンソロジーでは〝SF的な想像力〟によって京都という土地に接

近していますここでいう〝SF的な想像力〟とは、現実世界に様々な「もしも……」を持ち込むことで、日常生活で当たり前になっていることをずらす力のことです。「もしも……」の中身は、未来の京都の姿を想像してみることだったり、架空の特産物や道具を生み出すことだったり、京都が今とは違う歴史を歩んでいる可能性を考えてみることだったり、少し不思議な出会いだったりします。そういう〝SF的な想像力〟は、〈今・ここ〉にある現実とは違うものを志向することによって、普段は意識することのない現実の一つの側面をクリアに描き出す力を持っています。

京都にゆかりのある八名の作家が、それぞれの〝SF的な想像力〟によって京都という土地に積み重ねられてきた記憶や出来事に接近し、京都に浮かぶ様々な景色を描き出した『京都SFアンソロジー：ここに浮かぶ景色』、どうぞお楽しみください。

井上彼方

目次

009 京都は存在しない 千葉集

033 ピアニスト 暴力と破滅の運び手

063 聖地と呼ばれる町で 鈴木無音

087 おしゃべりな池 野咲タラ

115 第二回京都西陣エクストリーム軒先駐車大会　溝渕久美子
143 立看の儀　麦原遼
171 シダーローズの時間　藤田雅矢
197 春と灰　織戸久貴
228 編者あとがき

京都は存在しない

千葉集

「京都は存在しない」千葉集
Chiba Shu

1945 年のある日、“京都”は世界から一夜にして切りはなされた――。跡には地下数百メートルから成層圏まで伸びる虚無の柱が残され、もはや誰も足を踏み入れることはできません。しかしその数十年後、京都を“視た”という人が現れます。20 歳前後の 4 年間を京都で過ごした記憶が“降って”きたというのです。

千葉集さんは 2019 年に「回転する動物の静止点」で第 10 回創元 SF 短編賞宮内悠介賞を受賞。翌年にはカビだらけの世界を描いた「次の教室まで何マイル？」で第 1 回かぐや SF コンテストの最終候補に選出された。『SF アンソロジー 新月／朧木果樹園の軌跡』（Kaguya Books ／社会評論社）に生きたまま襟巻きになるキツネの物語「擬狐偽故」を、責任編集・橋本輝幸『Rikka Zine』に飛脚という飛べない鳥の小説「とりのこされて」を寄稿。ユーモアに満ちた世界観と SF 的なセンスを文体によって成立させる稀有な書き手です。

兵庫の東端、亀岡の駅に降り、嵐山の向こうで霧にけぶる大黒柱を見た瞬間から、いやな予感はしていた。夢だった仕事で、あこがれのひとに会う機会なのに、あるいはだからこそ、蓋をしていた不安がもたげてしまう。

「京都エッセイの新時代――第四世代の旗手・新島材《にいじまざい》と新人エッセイストが語る『第五世代の胎動』」と仰々しく題された対談とサイン会が終わり、打ち上げへのしつこい誘いを断り、見送りも断り、イベントのゲストというより万引き犯の心地で会場である書店を出る。

すると、黒いBMWが待ち受けている。

だれの車かは知らなかった。だが、運転席に座った人物は一目でわかる。テレビや書店のポップでおなじみのサングラス。新島材。

「そんな急がなくてもいいじゃないですか」と、数分前に会場の控室に残してきたはずの新島はハンドルにもたれながら気だるくいう。「ねえ、田辺先生?」

イベント前に控室で顔を合わせたときの漠としたおそれが甦る。

「駅まで送っていきますよ、乗って」

車のドアの解錠音が妙に重たく響く。

「そのう、タクシーを、呼んでいるので」

うそではない。だが、口にすると、うそと似たような味がした。

そして、うそと同じくらいうすっぺらく、見え透いていて、脆い。

「キャンセルすれば」

「でも」

「ほら、先生と話しておきたいこともあって」

ね? とハンドルから離れ、助手席のドアを開ける。

呑まれていく気がした。体温が二、三度下がったような悪寒をおぼえる。上機嫌でしゃべる新島の一言一言が、意味ある発話ではなく不吉な呪文みたいに聞こえる。

BMWがぬるりと、ゆっくり、進みだす。

駅には向かっているようで、線路沿いの道路に出る。来るときは駅からタクシーで十分ほどかかった。今はその十分間が果てしなく遠い。

「霧が薄い季節は、もうちょい見えるんですけどね」

ハンドルを握る新島が残念そうにつぶやく。

何かとおもったら、山の向こうにそびえる直線の影のことらしい。たしかに、亀岡の観光ガイドでは、雄渾たる大黒柱が晴天にそびえている。日本の敗戦と核廃絶、そしてかつて在った京域の象徴にして、地下数百メートルから成層圏まで伸びる虚無。東西南北の十坊を覆う不可触の謎だ。

乳白色の低い空にかそけき今日の柱は気持ちを不安定にさせる。

「こちらは初めてでしょう？　せっかくだし、観光でもしてまわったらいいとおもうな。したら、ほら、次の本にも役立つでしょう」

次の本。心臓が強く打つ。原稿をはじめて編集者に見せたときも、こんなに動揺しはしなかった。

新島の前だからだろうか。《鴨川デルタ》シリーズ、『深泥ヶ池に雪が降る』、『エンツォ先生のお気に入り』……もちろんすべて読んでいる。エッセイも小説も、コミカライズも映像化も、京都以外について書かれたものも、ぜんぶ。

新島が魅力あふれる奇人変人たちと過ごした四年間の京都の青春を、すみずみまで知っていた。新島のすべてを見たつもりでいた。でも、相手が自分を知っているとは考えたくなかった。

覚悟がない。この距離で、京都エッセイの第一人者から、面と向かって指摘されたらどうする？

「今日は愉しかったなあ、ねえ。勉強にもなったし」

三十分前に自分の口から発されたすべてを単語単位で脳みそから絞りだし、検める。北野天満宮、天一、イズミヤ、フレスコ、嵐電、龍安寺、大文字山、衣笠山、紫蔵、金閣寺、阿闍梨餅……。

「二〇年代組の話聞くと、たった十年でだいぶ街って変わるもんだなーって、歳とったなーって。そりゃ第一世代や第二世代のひとらに比べればぜんぜんひよっこなんでしょうね」

ただしく踊りきったはずだった。違ったのか？

「右京のほうっていうか、ほら、西大路あたりは今も昔もあんまり知らないですけど、あんなにローソン密集してるって話はおもしろかった……あれ？　一個もう潰れたんだっけ？」

思い出せるか？　北野白梅町からわら天神までのコンビニの順番は？　ローソン、セブンイレブン、ローソン、ローソン、ナチュラルローソン……いや、ナチュラルローソンはおむらハウスの裏手だったか？　北野白梅と円町とのあいだ？　いや、それは100円ローソン？　忘れたのか？　あれほど何度も大塚慧と津狩佐和子とジェラルド羽作のエッセイ本をつきあわせて分布を確かめたのに、もう忘れたか？

膝の上でにぎりこんだ拳に青い静脈が浮き、冷や汗が責めるようにきらめく。おまえはもうだめなのか？　おまえはどうしようもないのか？　おまえは、

「疲れませんか？」

「疲れ？」質問に質問で返しそうになり、すんでで踏みとどまる。「……ません」

いつのまにか亀岡駅に着いている。

新島はサングラスを外し、フロントに置く。むき出しの眼がこちらを見据えてくる。瞳が深い。黒い。判断される側でなく、判断する側の眼だ。

その眼が、笑う。

「いや、疲れるでしょう」

だって、ほら、めちゃくちゃ本とかインタビューとかを読むわけじゃないですか。そういうのでかき集めた情報を京都の地図上にマッピングしていく。もちろん、定期的に京都ガイド本は出ますけど、あれは手抜きやごまかしが多い。

しかたないんですけれどね。視た年代と区域が一致している作家同士でも、よく証言が矛盾する。その矛盾を他の周縁的な証言や昔の京都エッセイ本の文脈と照らし合わせ、蓋然性の高いほうを選び取っていく。途方も無い作業ですよ。そんな労苦を費やして得られる情報といえば、二条の駅前にあったのは宮本むなしではなくやよい軒でした、とか、ローソンだとおもってたコンビニがデイリーヤマザキでした、とかだもの。そんなの、

「疲れないわけないですよ、私なら疲れるなあ、ねえ、田辺先生?」

この期に及んでまだ逃げられると考えている自分がいる。無から飾ったうそに書籍という実体を与えられた経験がある。起死回生のうそで相手をいいくるめられると信じている。

もう、逃げ場なんてないのに。

あなた、と新島のまなじりが浮く。

「京都を視たこと、ないでしょう?」

地上に築きあげたすべてが崩れる音を聞く。その幻聴の向こうで、新島の声がささめく。

「私も、そう」

世界の底が抜けた。

いやな予感はしていたのだ。

ＢＭＷが、ふたたび、ゆっくりと前進を始める。

きっかけは三条のイノダコーヒーだったらしい。

「視てない勢の本にありがちなんだけど、イノダの本店についてしか書かないのね。ほんとうは数メートルも離れてない場所にもう一店舗あるの。視てない勢は常識的に、そんなところにもう一個店つくんないでしょ、って考える。本店が本館と別館に分かれてるから、なおさら見落とすのか。足島羊の『京都コーヒーめぐり』読んでないんだね、まあ、書き落としているだけならまだしも、半可なききかじりでクリームチーズと生ハムのモーニングにふれると、もうだめ。あれ、三条支店にしかないから」

亀岡駅からさらわれて、並河のアメリカンダイナー趣味の喫茶店に連れこまれていた。

自分の正体をさらけ出してもよいことへの安心と、あの新島の正体が自分と同じであることへの困惑が入り交じって情動の波が大時化《おおしけ》で、新島ご推薦のクリームソーダもろくに喉をとおらない。それでも車内にふたりきりにされるよりは幾分マシだった。

「そういうの、読者は気づくんですか?」

「気づかないね。視た勢も気づかない。私らみたいなうそつきだけが気づく」

私らみたいな、というフレーズに恐れ多くもときめいてしまう。新島材が「私ら」に自分をくくってくれてうれしくならない京都エッセイファンがいるだろうか。

たとえ、新島材が一度も京都を視たことがないペテン師だったとしても。

新島という作家には尋常でないところがあった。たいがいの京都エッセイ作家はデビュー二、三作でめぼしい記憶を書き尽くし、業界から撤退する。小説家やライターにスライドしていくケースもあるが、ふつうは京都エッセイ本には二度と手を出さない。

新島はその常識を覆し、もう十五年ほど第一線で活躍しつづけている。その上、年二冊の新刊ペースを維持しつつも、自己剽窃やかぶりネタがほとんどない。それまで誰も視てこなかった京都の新しい細部を毎回提出してくる。いわゆる、〈ニイジマジック〉というやつだ。

その魔術の正体が創作、もとい、捏造だったとは。

「京都駅あたりは狙い目だね」とクリームソーダのクリームの部分をスプーンでつつきながら、新島はいう。「あのへんメインで飛ばされるやつは昔から少ない。おおきめの建物建ててもあんまり怒られない」

「いうて京域でいちばんおおきな駅なんだから、まわりにヘンな建物あったら目立つでしょう」

「だから、ためしに仕込んでみた。どんな建物だとおもう？」

あのへんはよく知らない。新島が示唆したとおり、他の京都エッセイ本でもあまり取りあげられない。

「イオンモール？」とあてずっぽに答える。

「はずれ」正解は、と新島がためをつくっておごそかに告げる。「京都駅」

『鴨川デルタ・ブルース』の一シーンを思い出す。《鴨川デルタ》シリーズの二作目だ。十一月祭の立て看板バトルを通じて宿命的ライバルから無二の親友へと昇華された立花ひろみが、ある事情から大学を中退する。誰にもいわず故郷の秋田へ帰ろうとしていた立花だったが、京都駅の中央改札前に新島を見いだす。ふたりは握手を交わし、無言で別れを告げる。背後にはふたりを抱くように見下ろす京都駅舎。本のクライマックスとなる感動的なシーンだ。いまだに読みかえすたびに泣いてしまうし、映画化されたときも映画館で十四回観て十四回泣いた。

あれがフィクションだった？

「でも」とすがるような気持ちで声が出る。「ほかの人の本にも出てくる……」

「私の書いたとおりの京都駅がね。ふしぎなもんだね。視てない勢だけじゃない。どう考えても視た勢な人たちも私の京都駅をなぞっている。私より上の世代の人たちでさえも。思い込みなのか、それともなにか別の理由なのか。ひとつ、たしかなのは」

私たちには力がある、ってこと。京都駅ほどのサイズが通るんなら、なんだって創造できる。

「私はね」とクリームソーダのアイスを一口も食べないままずたずたの白い粘着物にして、緑色の泡にスプーンで沈めながら、新島はいう。

自分の京都が欲しいよ、田辺先生。足すものは考えなきゃだめだ。古くて、きれいで、おそろしい、そんなのは他人の京都だ。もっとぜんぜん京都らしくないものでないと。

「たとえば先生、なにがあるね？」

突然訊かれても、返答に窮してしまう。

店内ではごきげんなカントリーが流れている。壁にかけられた写真ではつばの広い帽子をかぶった姓名不詳のカウボーイたちが微笑んで、メニュー表では各種様々なハンバーガーのイラストが踊っている。アメリカには行ったことがないけれど、アメリカってこんなかんじなんだろう。

そんな店のオススメはサバの切り身を挟んだハンバーガー、サバーガーだ。たぶん、アメリカには存在しない。すくなくとも、日本でイメージされるアメリカン・ダイナーらしくない。

それでも、この空間は崩壊していなかった。

京都はどうだろう？

窓の外、遠くにあいかわらず幽霊のように黒い柱。

「塔、とか？」と見たものがそのまま口から出た。「おおきくて、ぶさいくな塔」

おもしろい、と新島もほほえんだ。

京都は天啓に似ているという。

ある日いきなり、前触れもなく、二十歳前後の四年間の記憶として京都は「降って」くる。

それはありえない記憶だ。なぜなら土地としての京都は失われてしまっている。かつての京域は一九四五年を境に日本を含む世界から一夜にして切りはなされ、天を摩する虚無の柱と化した。

そんな京都のつづきを視た、とかれらはいう。今現在でも平安以来の千二百年のみやこであるという。

最初の著者がフィクションに擬す形で最初の現代京都エッセイを出版してから五十余年、エンターテインメントの分野ではすっかり定着したものの、京都エッセイストたちは今でも世間からまともにあつかわれていない。無理もない。京都で過ごしたと主張する四年のあいだ、かれらの肉体は別の場所に存在した。誕生した瞬間に地球の地軸を○・○○二一度傾けたという事実以外、あの柱についてだれもなにも知らない。

大半の人間からすれば柱の中身も京都の実在も、どうでもよかった。愉快な娯楽であるかぎり、人は真偽を脇におく。京都エッセイは、高度成長期以降、風景が均一化していく社会にあって、伝統とモダニズムが混じりあう、有り得たはずのもうひとつの日本を見せてくれた。

甘い逃避の場所だったのだ。二時間のあいだ別の世界へ連れて行ってくれる映画館のような。

真剣なのは京都エッセイストたちだけだった。かれらはとにかく語りたがった。精神衛生法の隔離方針とGHQを恐れて内に秘していた戦後三十年の反動か、この五十年は怒濤のように京都を語りまくった。その絶え間ない流れが文芸にジャンルを成した。

その真剣さをうらやむようになったのは、新島の本を読んでからだ。何度も大黒柱に似た色の夜空に願ったが、天啓はついに得られていない。

中世のイタリアでは、幻視の奇跡を捏造したものは死ぬまで地下に幽閉されたという。

「瀆聖《とくせい》といったらバベルの昔から塔、それに言葉だ。やはり、田辺先生はセンスがあるね。見込みどおり」

白いほうがいいかもしれない、黒いのはもうあるから、ともいう。

作戦はシンプルだった。ふたりで口裏を合わせ、駅前の塔について語る。雑誌のエッセイや小説作品のはしに、講演やテレビ出演の数秒に、SNSでの発信と発信のすきまに塔を忍びこませる。最初は背景の一部として。だれからもクレームがつかなかったら、徐々に前へ押しだしていく。

「ふたりでいっしょにね」と新島はほがらかにいう。

「ことわったら？」

「潰す」

冗談半分としても、新島にそれくらいの権力はある。海の物とも山の物ともつかぬ新人ではメディア露出の差が段違いだ。しぜん、塔の構築は新島に主導されていく。

塔を厄介ものとして扱ったのはうまかった。

「ほら、あんなケッタイな」とか「ほら、白いローソクみたいな」とか、触れるたびにけなす。あたかも以前からそこにあったかのような調子で。知っているもの同士にしか通じない皮肉なジョークのニュアンスで。

おもえば『鴨川デルタ・ブルース』でも京都駅を「ガラス細工の通風口」「不細工」「南本願寺」などと、さんざんに形容していた。

ついでに最初は東寺の五重塔をすこし上回るくらいだった高さも、段階的に伸ばされていった。

そうして、いつのまにか、塔の建設時のいざこざまで拵えられていた。『Popeye』三月号の「そうだ、京都に行こう」特集に新島が寄せたエッセイでは、塔の建設計画がもちあがった当時の、京都の景観を愛する知識人などが結成した反対派グループについて取りあげられていた。エピソードを作るだけなら、それくらいやるだろうな、程度の感想だった。が、「反対派グループの抗議文の引用」という体で、谷崎潤一郎の文章をまるまる捏造していたのは肝がつぶれた。

さすがにこりゃ真似できないなとぼやきながら、新島にせっつかれる形で白い塔について書く。新人の京都エッセイストに舞いこむ仕事などたかがしれていたが、デビュー作の出版元では新人が公式ウェブサイトに自己紹介代わりの短いエッセイを何回か載せるきまりになっていて、なかばやけくそでその初回に塔を出した。

内容は、新島もまだ触れていない、塔の内部の話だ。展望台になっていると事前に申し合わせていたので、そんなに冒険した書き方はできなかった。

こんな調子で読者は信じてくれるのだろうか。

原稿をメールで送ると、すぐに担当の編集から通話コールがかかってくる。ふだんはこっちの制作物に対して積極的なリアクションをしてこない人物だけに、うそが下手すぎてたちまちにバレたのかとおもう。

震える指でスマホの通話開始ボタンを押すと、弾む声で、

「あの店、先生も常連だったんですか」

エッセイに出した町中華の話だった。視た勢のひとりである編集者は、自分の記憶のなかでよく通っていた店の卵白あんかけチャーハンに非常な思い入れがあるらしく、その独特な味わいの思い出を語り合いたいようだった。京都を視たもの同士というだけではふだんはあまり盛り上がらないのに、特定のポイントに触れたとたんにスイッチが入る。

「田辺さんならわかってもらえるとおもいますけど、京都で食べた味って外じゃ再現できないし、なかなか共有できないじゃないですか」

前にイノダコーヒーの話題を振ったら終始マエダコーヒーと勘違いしていた編集者はそんなふうにいう。

塔については触れられない。

サイトに文章がアップされると、さっそく新島から連絡がきた。

「田辺先生も愉しんで踊ってるみたいじゃないですか」

メッセージを映したスマホから顔をあげると、《鴨川デルタ》シリーズの映画最新作の広告がビル街にデカデカと躍っている。プロのふしぎで新島と顔は似ておらずとも雰囲気

は通じている主演俳優が映る平面に、道行くひとびとがカメラのレンズを向ける。カチリカチリというスマホの鳴き声に混じって、「やるんだね」「たのしみ」という声も聞こえてくる。

あるいは、信じてくれるのかもしれない。

愉しくなってきてしまう。

そうして、世間はびっくりするぐらい信じてくれる。

「ほら、京都タワー、やて」

関西人でもないのにエセ関西弁で新島はいう。

ベテラン京都エッセイストの津狩佐和子が駅前の景観の雑多さを懐かしむエッセイで、塔を指して「京都タワー」と呼んでいるのをみて、それまで塔の名称を考え忘れていたことにふたりして気づいた。いつも遠くからつつくような態度で接していたせいかもしれない。

京都タワー。すばらしい名づけだ。東京タワーからのいただきだけれど、「東京」と「タワー」との近代的で堅牢な結合とは異なり、「京都」と「タワー」ではどこかふんにゃりしまらない。

誰にでもおもいつきそうで、おもいついた瞬間だれもが頭をふって打ち消すダサさがある。こんなものをおもいついたままに押しとおす厚顔に、さすがの新島もそのエッセイストに敬意を表さざるをえなかった。視た勢特有の大雑把さだ。

そのころになると、京都タワーこと駅前の塔は京都ファンや京都エッセイストのあいだにすっかり定着していた。新島が初めて誌面でその存在に触れてから、半年も経っていない。

ディティールも固まっていった。高さ、一三一メートル。建設年、一九六四年。ぬっぺりとまっしろで、先端に近い上部が膨らんでいる。内部は三六〇度のパノラマ展望台だ。

ほとんど新島が独力でつくりあげたようなものだ。こっちは結局例の新人用連載三回分とウェブセミナー二回くらいしか貢献できなかった。

「満足でしょうね」

そう新島にいったのは、亀岡での二回目の顔合わせとなった「もっと！　京都エッセイの新時代――京都エッセイの旗手・新島材に聞け」イベントでの帰り道だった。形式上は対等な対談相手だった一回目から、聞き役というかインタビュアーのような役目に転落したことにおもうところがないではなかったが、デビュー作が売れなかったのだからしょうがない。

いつのまにかBMWのハンドルを握るのは自分の役目になっていて、半年ごとに新人が五十人は生えてくる業界のこと、このまま新島の秘書みたいな仕事に落ちつくんだろうかなとぼんやり考えていた。

ぼんやりしていたのは新島もおなじだったようで、

「満足？」

と横着にサングラスも外さないまま気だるい声が返ってくる。

「京都タワー。すっかり定着したじゃないですか」

いまや京都の古くて新しい象徴だ。京都を視たひとびとからは京都にそぐわないと憎まれながらも愛されている。立派な京都の一部になった。

なのに、新島は、なんの感慨もないのか、

「ハア」

と気のない返事をする。

あんたが創るっていったんだろうが。

新島はしばらくサイドウィンドウに額をくっつけ、ぼんやり外をながめていた。

そして、唐突に「ほら、あの今日来た」と、イベントに来た老人の話題を出す。

たまにいるタイプの客だ。サイン会で新島が新刊にサインを入れるあいだ、老人はとつとつと自分の京都時代のおもいでを語った。恋人との初デートが京都タワーだったという。五十代で京都の記憶を「取りもどした」老人は、すべてを投げ打ってその恋人を探し、ついに見つけ出して結婚した。相手は京都タワーでの記憶を持っていなかったという。先月、その人を亡くして茫然としていたところに、新島の新著を読んだ。

老人は涙ながらに語った。あの頃を、京都タワーを、またおもいだして、胸が熱くなりました。今日は、感謝したくて、亀岡まで、やってきたのです。ほんとうに、ありがとう、ございます。

老人は六十代から七十代くらいに見えた。いずれにせよ、京都の記憶を得たときに京都タワーはまだ「存在」しなかったはずだ。

「あのご老人、どうおもう?」と新島は訊ねる。

「ボケているか、うそをついているか、勘違いをしているかのどれかでしょうね」

答えながら、不快だった。新島と創りあげたいたずらが、いつのまにか、名も知らない他人に所有されてしまった。もともとそれが目的だったとはいえ、不満だった。

でもそんなことは新島の興味の範疇にないようだった。

「あれは視た勢だよ」と新島は背もたれに深く寄りかかる。「ほんとうに京都を視たひとは、ああいう眼をしている」

「眼でわかるんですか？」

最初に新島と会ったとき、自分はどういう眼をしていたんだろうか。

「視える瞬間ってさ」と外をながめやったまま新島はいう。「すごい気持ちいいっていうよね。脳をふんわりと真綿でくるまれて、そのままガッと頭蓋から引きずり出されるような」

「気持ちいいのは聞いてますけど、そのたとえは知りません」

「じゃあ次のハナシで使う。田辺先生も書いてよ」

次の執筆機会があるかどうかわからない、と応えようとしたら、新島のごにょごにょ不明瞭なつぶやきと衝突した。おかげで、あまりはっきり聞き取れなかったが、もしかしてこういわれたのではなかったか。

ありがとうね。

新島に感謝されるのは初めてではなかろうか。びっくりして振り返ると、あの人はシートにもたれて寝息をたてはじめている。こうなると、もう起きない。

バックミラーの新島の寝顔の後ろに大黒柱が映っている。いくら車を走らせても小さくなっていかない。

あの山の向こうで、ことばもなく、顔も持たず、依然として在りつづけていた。

ピアニスト

暴力と破滅の運び手

「ピアニスト」暴力と破滅の運び手
The Carrier of Violence and Ruin

京都と言えば古くからある寺社ばかりと思われがちですが、実は至るところに劇場や美術館・ギャラリーがあり、新しい芸術が盛んに発信されています。アーティスト・イン・レジデンスや個人経営のサロンも珍しくはない、不思議な街です。本作の主人公も自宅のサロンに海外からアーティストを招聘してコンサートを企画しています。

暴力と破滅の運び手さんはちょっとエッチで魅力的なBLを多数執筆しています。これまでに短編集『暴力と破滅の短編集』(2020年) と『ブラームスの乳首』(2022年) を刊行。2022年にはKaguya Planetに「灰は灰へ、塵は塵へ」を寄稿。『Rikka Zine vol.1』に収録されているソハム・グハ「波の上の人生」を橋本輝幸さんと共訳。2023年には「エッチな小説を読ませてもらいま賞 〜さあ、エッチになりなさい〜」の審査員長を務めました。

詩人よ、琴をとれ、青春の酒
今宵、神の血管の中に醸《かも》さる。

アルフレッド・ド・ミュッセ『五月の夜』（大山広光訳）

ささやかなロープの間仕切りを挟んでわたしたちの前にあるのは、白いものだけで作られた石庭だった。

白い砂には細やかなさざなみが刻まれている。ところどころに置かれた岩は、表面の質感や傷がそれぞれに違っていて、その来歴をしのばせる。私のすぐ前にあるのはつるりとして丸く、ろくろの上に乗せられた陶土のよう。木々はまるで漂白された骨だった。

展示の参加者たちは庭を眺め、あちこち指差してはささやきを交わしている。美術館の天井は高く、微かな衣擦れやつぶやきも空間全体に広がっていく。

ケーキ、というあどけない声が響いた。

声の主は、ご両親と一緒にこの展示を訪れていたお子さんだった。入口で配られたうさぎの耳のカチューシャが、よく似合っている。手元のマフが放つ控えめな光が、その子の番であることを伝えていた。

前触れもなく岩木がかたちを失った。表面にテクスチャを乗せたまま、食べずに忘れられたアイスクリームのように力なく溶けていく。ほどなくして、砂の間に十五個の白い塊が並んだ。

少し間をおいて、塊のおもてが震えはじめた。最初は細かな振動だったのがやがて波となり、意志を持つかのように動き始める。伸長と収縮を繰り返して大まかな形を作ると今度は糸を吐きはじめ、自らを編み上げていく。

そうして十五個のケーキが象られた。

その様子はさまざまだった。カットされたケーキ。ホールのケーキ。薄切りにされたウィークエンドシトロンも見える。大きさもまちまちで、土台の上にちょこんと載っているホールのタルトもあれば、熊のように大きなモンブランもあったりする。

賑やかな話し声が満ちた。一人で訪れた私も、見ているだけで面白かった。

やがて、「ケーキ」の女の子が手を入れていたふわふわのマフが光を失い、代わりに初老の男性のふわふわが点灯する。男性は少し考えてから、「いぬ」と言った。

簡単なルールだった。手元のふわふわが光った人が、好きな言葉を発する。するとカチューシャが私たちの頭に浮かんだ像を読み取り、庭に設置されたポリマーが形を変える。ポリマーは〈仮相〉と名づけられていて、これは仏教の言葉で「仮の姿」という意味らしい。

やがて、私のマフが光った。何を言うか決めていなかった。口をついて出てきたのは、「ヴィオラ」という言葉だった。

それ、何？　というざわめきが起きて、顔が熱くなった。当たり前だ。結局、私の思うヴィオラ――弦楽器のヴィオラが浮かんでいたのは、私の目の前に置かれた〈仮相〉と、もう一つだけ。髪の長い、若い女性の前にあるものだった。

彼女のほうにさりげなく目をやった。

回数を重ねるうちに、どの〈仮相〉が誰のイメージを反映しているのか分かる。彼女の〈仮相〉からは美しいかたちが現れると、密かに思っていた。

やがてセッションが終わった。

展示を出ようとしたら「すみません」とうしろから声を掛けられた。振り返ると、さっきの女性が立っていた。

「ヴィオラを弾かれるんですか?」

私はすぐに意味するところを理解した。このインスタレーションに付されている《未在の庭》というタイトルは、ヴィオラとピアノのための室内楽曲からつけられているのだ。

「いいえ。でも《未在の庭》は初演を聴いて……」

「え! うらやましい」

そのまま立ち話をした。聞いてみれば私と彼女の音楽的な関心は近いようで、最近もおなじコンサートに行っていたらしい。感想で盛り上がり、しまいには美術館併設のカフェに移動した。それでやっと私たちは、お互い自己紹介することに思い当たった。

彼女は「キリです」、と名乗った。いま〈仮相〉が目の前にあったらクリームチーズのパッケージが浮かんだことだろう。

カフェの座席の間を白衣の男性が駆けてきた。見覚えがある顔だ。さっきの展示で、照明や〈仮相〉を制御するコンソールの前に座っていた。

「キリさん、こんなところに」彼は私たちのまえで立ち止まった。息が荒い。「もう次の回ですよ」

「あれ？　ほんまやね。ありがと、ハラ」

その名前を聞いて硬直していると、キリさんが立ち上がった。

「それではまた。これは工房の経費で落としますのでお気になさらず」

私は伝票をぴらぴらと振りながら歩く彼女の背を呆然と見送ることしかできなかった。

キリ。ハラ。……ハラキリとは確か、あのインスタレーションを制作したユニットではなかったか。

別の展示にいくつか寄ってから、三条まで歩いた。お盆を過ぎて涼しくなったと思ったのは、気のせいだったようだ。空気が暑く、重い。

家に帰るころには日が暮れていた。クーラーの風が冷たくなるのを感じながらパソコンを起動すると、画面に通知が浮かんでいた。そういえば、展示会場で携帯の電源を切ったきり、しばらくチャットアプリを見ていない、と思った。

メッセージはウツィアからだった。

『待ちきれなくて、予定より早く日本に来てしまいました』『教えていただいたとおりの電車で京都に着きました』『用事を済ませたらお宅に向かいます』

ひとつ読み進めるごとに動揺した。来日は来週の予定なのに、どうして。

メッセージを送ってはみたものの、読まれた様子はなかった。最終ログイン時間は数時間前から動かない。

私は脱いだばかりのジャケットを羽織りなおし、バッグを引っ掴んで外へ出た。空港でSIMを買ったか国際ローミングプランに入ってくれていることを祈りながら電話を掛けると、長いコールのあとに繋がった。

『カナデです。あなた、今どこに……』

『後ろを見て』

声が二重写しになったような気がした。言われるがまま振り返ると、街灯のぼんやりした光の中に、影が立っていた。

「こんにちは《チェシチ》」

ルージュを塗られた唇の縁が、鎌のように輝いた。

授業が予定より一週間早く終わったから旅程を早めてしまったのだと、ウツィアは悪びれもせず言った。

「ごめんなさいね、カナデ」

「いいんですよ。お部屋も準備してありますから」

「ほんとに。でも、今日はホテルを予約してしまって、トランクもそこに……」

「明日取りに行きましょうか」

　ワインと適当なフィンガースナックを出し、とりあえず予定の確認を済ませた。京都コンサートホールでのリサイタル。京響の奏者たちを交えたサロンコンサート。そうしているとようやく、本当にウツィア・ヴォジャウスキが目の前にいるのだと思えてきた。

　初めてウツィアを知ったのは、私が大学生のとき。

　学生寮の一室に集まって、ショパン国際コンクールの中継を観た。こんなショパンばかりの異常なコンクールがあってたまるか、と思ったのを覚えている。それに、ポーランドの夕方は日本時間では深夜だ。眠いことこの上ない。

　まどろみの中で見る夢は混乱していた。

　女性が微笑みながら、こちらに手を差し出していた。踊りに誘われているのだと思った。スカートの裾をつまんでお辞儀を返し、手を取ろうとしたその瞬間、指先に激しい痛みが走った。

見下ろせば、私の指が無残に凍り付いていた。

小さく叫びながら目覚めた。画面の中では、若いピアニストが三番ソナタのフィナーレを演奏している。彼女はスラーが付いているはずの主題をすべてノンレガートで弾いていた。ベースの音を執拗に叩くせいで曲が本来持っているロマンはどこかに消え失せ、野蛮に聞こえた。

魔女の集会。

彼女は鍵盤を見ていなかった。ピアノの蓋の向こう、ステージのほうを見ていた。まるで、そこで誰かが踊っているのが見えていて、その伴奏をしている、という感じだった。

終止音とともに、ざわめき混じりの拍手が起きた。

ウツィアはそのまま本選に進んだが、入賞はしなかった。ポーランド人なのに、ポーランドの魂を一切感じさせなかったからかもしれない。その後も国外での演奏活動を一切行わず、録音も出さずじまいだったけれど、私の中では忘れがたい名前だった。

招聘したのは、ほんの偶然がきっかけだった。あるピアノ三重奏曲をYouTubeで漁っていたときに、彼女が演奏している動画を見つけたのだ。

いい音が聞こえる、と思った。オルゴールのように暖かく響く弱音。活き活きとして、自分の番になればよく歌い、ヴァイオリンとチェロをよく見ている。名前を確認して衝撃を受けたものだ。——今でも活動していたとは。しかも、あの野性的なショパンからは想像もできない、理想的な室内楽ピアニストとして。

衝動的にFacebookで連絡したのが一年前。そこから、今回の来日コンサートが実現した。

「カナデ、とってもかわいいスカート」

「そんなにおめかしして見えますか」

「デート？　お若いものね」

「残念、ひとりで美術館に行っていたんです。あなたのほうこそ昼間はどこへ？　お寺？　神社？」

「はずれ。バレエを観に劇場へ行ったの」

「え？　ロームシアター？」

「《白鳥の湖》。カナ・ウスイが出ていたから」

「ファンなんですか？」

「ええ。お願いして、トウシューズを貰ったことがあるくらい」

なんとなくウツィアのことを許す気持ちになってしまった。私もよく、コンサートを観るためだけに海外に行く。無理を聞いてもらって、本番の日程を動かしてもらったことさえある。

碓氷佳奈《うすいかな》はポーランドで活躍したあと、イギリスのバレエカンパニーで長くプリンシパルを勤めたバレリーナだ。退団した今も各国を飛び回ってソリストとして活動しながら、日本のバレエ団の芸術監督をしている。

「そしたら私たち、近くにいたんですね。美術館、あの劇場と道を挟んで反対側にあるんですよ」

「へえ、すごい。美術館では何を？」

説明が難しかったので、《未在の庭》のトレイラーを見せた。

コンセプトを説明するうちに、ウツィアの顔が奇妙な無表情に沈んでいったのを覚えている。

ヴィオラの話をオチにしようとしていた説明も、だんだん尻切れになってしまった。実はあまり美術には興味がないのだろうか、と思っていると、彼女が不意に顔を上げた。

「ピアノはどこ？」

通りの車のなかに、ハイビームを点灯したものでもあったのかもしれない。眩いライトが私たちを一瞬包み込み、ウツィアの瞳孔が機械的に収縮した。

ピアノの部屋に案内すると、ウツィアはそのまま深夜までショパンの三番ソナタを弾きつづけた。今回のリサイタルでこの曲をメインに据えると聞いたときには、衰えを感じさせるような結果にならないかと不安になったものだが、どうやら杞憂だったらしい。彼女はコンクールのときと同じように、若々しい野蛮さをもってロンドを弾いた。

なつかしい夢を見たのはそのせいだったかもしれない。

ウツィアが微笑みながら、こちらに手を差し出している。私はワンピースの裾をつまんでお辞儀を返し、彼女の手を取る。

自分の手が凍りついても、私は動じなかった。だってもう、私はピアノを弾かないから。

＊

もともとのスケジュールは一週間先がはじまりだったから、そこまでは観光もしよう、ということになっていた。なのにウツィアはトランクを回収するなり、昨日のインスタレーションに行きたい、と言った。

興味がなさそうだったのに、どういう心境の変化だろうか。バスに乗って岡崎公園口まで行く間じゅうむっつりと黙っていたのも不穏だった。

マフとカチューシャを受け取って会場に入ると、すでに座っていた「キリ」さんがこちらに気付いて微笑んだ。どうやら毎回サクラをしているらしい。その後ろで機材を調整していた「ハラ」さんが、キリさんに牽制するような目線を送った。

セッションが始まってからは、ウツィアのためにおもいつく限りの英語で翻訳をした。ウツィアの〈仮相〉にはいつも、何やらブロックのようなものが現れた。最初は、私の翻訳がうまくいかなかったのだと思った。でも、回数を重ねていくうちに、そうではないような気がしてきた。

決定的に違う、と思ったのは「イチョウ」のときだった。

樹のミニチュアや葉っぱのかたちがぽこぽこと生まれていく中で、ウツィアの〈仮相〉はやはり立方体だった。極限まで薄く引き伸ばされたポリマーはほとんど半透明だった。つるりとして硬そうに見えたが、表面はざらついている。その向こう側に、精緻なイチョウの葉っぱが透けて見えた。

覚えのある冷たさが、全身を通り抜けたような気がした。

これは、氷だ。

これまで見たものの意味を理解した。伝わらなかったわけではない。すべて氷漬けになった状態で象られていただけなのだ。

しばらくして、ウツィアのふわふわが光った。お願い、訳してくれない？　そう前置きして、耳打ちをしてくる。私は聞いた言葉をそのまま翻訳した。

「バレリーナ」

ウツィアの〈仮相〉に氷が現れなかったのはそのときだけだった。

型取りでもしたのかと思うほどに緻密なバレリーナの像だった。ちょうどウツィア自身が着ているような普段着じみたワンピースを着て、アティチュードをしている。その顔を見てすぐに、碓氷佳奈だ、と気付いた。でもこの衣装は、何の演目だろうか。

セッションが終わると、キリさんが私たちのほうに駆けてきた。

「カナデさん、またお会いするなんて。こちらの方は」

「ウツィア・ウォジャウスキ。ウツィア、こちらはキリさん。このインスタレーションの作者」

「あのバレリーナ、ウツィアさんのイメージですよね。すごい。彼女は美術作家?」

「いいえ。ピアニスト」

「へえ!」

すぐに辞去するつもりだったのだが、ウツィアが英語で〈仮相〉のことや仕組みについてあれこれと尋ねはじめ、タイミングを失った。声を掛けようとしたところで、彼女は唐突に私の方を振り返って「ここで演奏したい」と言った。

「ここって」

「この空間で」

思いもしないことだった。

「美術館に相談してみましょうか」答えあぐねていた私をよそに、キリさんが愉しげな声を上げた。「ピアノを運び入れることはできるはずです」

「よかった。それから、ヴィオラ奏者をひとり……」

「ちょっと待って」私はやっとの思いで口を挟んだ。「ヴィオラ奏者?」

「だって、折角なら《未在の庭》をやらなきゃと思って」ウツィアは悪気のなさそうな顔で私に微笑みかけた。「カナデ、サロンコンサートのためにヴィオリストを用立ててくれていたでしょう」

「京響の黒海さん？」

「それからクラークのヴィオラ・ソナタも。どう？」

「《未在の庭》の初演と同じプログラムじゃないですか。よすぎます」割って入ったキリさんの目が爛々と輝いていた。「是非やりましょう」

キリさんは私の返答を聞く前に、近くの美術館の人に突進していった。斜め後ろに控えていたハラさんに助けを求めようとしたが、その目がどんよりと濁っていることに気付いて、無駄であることを悟った。

ほどなくしてキリさんが、休館日なら非公開のコンサートを実施してもいい、という話を美術館側と纏《まと》めてきた。ウツィアのスケジュールの都合上、可能な日程は明後日だけだった。

「とりあえずピアノ業者さんと黒海さんに連絡してみますね」

私はその場を収めるためにそう言ってから、ハラさんの目を見ながら「駄目だったらあきらめましょう」と続けた。つまりは、あきらめるために一応連絡だけしてみます、多分無理、という意味だ。

帰宅後、上の階からかすかに響くウツィアのピアノを聞きながら、まず黒海さんに電話をした。曲名を伝えたら、やります、という言葉がすぐに返ってきた。次にピアノ業者さんに電話をしたら、ええで、ほな明後日の朝、とだけ言われて切れた。

読み違えた、と思った。これでは実施できてしまう。

私はソファに這い上がり、頭の小さい熊のぬいぐるみに思うさま顔を埋めて深く息を吸った。そのまま寝返りを打ったら、天井に近いところの壁紙が剥がれかけているのに気付き、目をそらした。しばらくは見て見ぬふりをしておきたい。

このビルは、二階までがテナントで三階が居住空間、四階にはホール、五階には練習室がある。父が建て、父が亡くなったあとは母のものになり、いまは私が管理している。

母は、結婚と引き換えに父にこのビルを建てさせた。

愛されたサロンだった。継げと言われたことはない。母からはただ、好きにしなさい、と言われただけだ。

私はもう一度ぬいぐるみに顔を埋め、頭の中を整理する。

キリさんはオタクだから、《未在の庭》初演を再現できることに興奮している。しかし、ウツィアの目的は別のところにあるような気がした。

碓氷佳奈に関わることかもしれない。しかし、そうだとして、ウツィアがそこまで碓氷に執着する理由は一体何なのだろうか。

＊

朝早くに来てくれた業者さんのトラックには、グランドピアノやアップライトピアノが満載されていて、キリさんは興味津々の様子だった。親子二人でピアノを搬入口から展示のところまで転がしてきてくれて、私たちもピアノを縦にしたりするのを手伝った。

リハーサルの首尾は悪くなかった。黒海さんは準備期間の短さからは考えられないほど流麗に弾きこなしていたし、ウツィアともよく合っていた。

開始時間が近くなると、見物人がやってきた。休館日にしかできない作業をしていたスタッフや、京響の関係者たちだ。

仕上げの調律に励むおやじさんの背中を眺めていると、となりに黒海さんがやってきた。

「さすがですね。急なお願いだったのに」

「どちらも、学生たちがよく弾く曲ですから。教えるためには、自分も弾けないと」

黒海さんは言葉を切って、入口のほうに顔を向けた。ウツィアが入ってくるところだった。まっすぐピアノの方に近づいてくる彼女に気付いたおやじさんが、うやうやしくお辞儀をしてピアノを譲った。

「ウツィアさんって、ぼくに興味がないんですかね」

隣から、そんなぼやきが聞こえた。

「あんなに息がぴったりだったのに？」

「読まれてる、って感じでしたよ」黒海さんは顎ひげを撫でた。「そうなったらぼくもああ弾くしかない」

言われてみればそんな気もした。合っている、というより、合いすぎていた。どちらかがどちらかに付き従うと決めたところで遅れが生じそうなものなのに、それがない。

「どうやって守りを崩そうかなあ」

不穏な言葉を残して、黒海さんは楽器のほうに歩いて行った。

やがて時間になった。私はそのまま立って見ようとしていたけれど、キリさんに呼ばれて、一番真ん中の席に座った。キリさんがコンソールに座るハラさんに合図をすると〈仮相〉たちが起動され、私たちはいつものとおりにカチューシャを装着した。

《未在の庭》の演奏が始まった。

ピアノがゆるやかな拍節の流れを作る。ヴィオラの旋律は帰結を持たず、開かれている。一拍ずつピチカートをしたりすると、硬質なテクスチュアは、石や「ししおどし」、あるいは結晶した時間を想像させる。ハーモニクスやトリルのような効果音は、庭それ自体がもつ記憶が顕現する様子かもしれない。

〈仮相〉たちは、来客者たちのイメージを捉えて様々に形を変えた。灯篭やストゥーパ。仏像や阿修羅像が立ったこともあった。織田信長や北条政子といった実在の人物も時折現れた。確かに寺といえば、という人物ではある。あの髪の長い般若面の女性は、六条御息所か。

私は演奏者ふたりの〈仮相〉に目を移した。

黒海さんの〈仮相〉からは、幾何学的な形が浮かび上がる。楽曲そのもののイメージというよりも、彼が音楽に対して持つ志向そのものが象られているような気がした。対してウツィアの〈仮相〉は完全に凪いでいた。

あ、とあちこちから声が上がった。目の前に今にも断首されようとする落武者の像が立っていた。キリさんがにやりと笑った。

熱烈な拍手が止むと、黒海さんはウツィアにラの音をもらって調弦をし直した。それから、目を閉じて深呼吸を繰り返した。長い時間、そうしていた。それから、なんの前触れもなく、黒海さんは鋭く動いた。

レベッカ・クラークの《ヴィオラとピアノのためのソナタ》は、ヴィオラによる警笛のようなファンファーレで始まる。すかさず叩きつけられたピアノの和音の中から瞑想的な旋律が現れ、そのまま狂詩曲めいた提示部になだれ込む。

ウツィアの〈仮相〉が動いた。

白い塊から、まず腕が伸びた。それから、顔。背中のしなりが形作られて行くその下で、片方の脚は地面の上でポワントし、もう片方の脚は踵を見せるように持ち上げられている。古風なワンピースの裾はふわりと持ち上がって、まるでそこに風が存在しているように見える。碓氷佳奈の姿だった。

私は心の中で頷いた。きのう、オンデマンド映像で確認したとおりだ。

碓氷佳奈とレベッカ・クラーク。その二つを結びつけるものについて考えた私は、《クラーク・ワークス》という、レベッカ・クラークの生涯を素材に創作されたバレエ作品があるのを思い出したのだった。七十年代のニューヨークで、ウーマン・リブ運動のデモに立ち会ったクラークが、白昼夢を見るという筋書きだ。

若き日の自分の幻影が現れる。勘当。道ならぬ恋。演奏家・作曲家としての活動。そして第二次大戦と、やむをえない引退。彼女の内面は分裂する。同じ形のワンピース、同じ髪型、同じメイクをした彼女の分身が現れ、彼女が選べなかった人生を演じるが、すべての可能性は暴力や理解の欠如によって潰えていく。

晩年のクラークは白昼夢から目覚めると、若き日の自分によく似た女性からアジビラを手渡される。女性は群衆のなかへと消え、クラークは家族に連れられて家へと歩き出す。

オンデマンド映像は初演のもの。若き日のクラークを踊っているのは碓氷佳奈で、その衣装は地味なワンピースだった。

〈仮相〉は何度も碓氷の姿をかたちづくった。

いちど像を作ってしまえば〈仮相〉はそれきり動かない。できるのはせいぜい個々のポーズを再現することだけだ。なのに、凝結しては融けるというゆるやかな運動の中に、ポーズとポーズの間のあいだを埋める動きが見えるような気がした。

最初はウツィアの〈仮相〉だけだったのが、他の人からも碓氷の像が現れるようになった。はじめのうちは不確かで曖昧な像だったのに、次第にウツィアが生み出すものと変わらないほど精緻なものになっていく。楽章が終わるころには、庭の中で碓氷たちがさまざまなポーズをとっていた。まるで万華鏡のようだった。

ウツィアは、碓氷の像だけを見ていた。喰い入るように、その一挙一動を逃すまいとするように。

キリさんがカチューシャを外した。

「あかんな、これは」

私も無言でそれに倣った。あらかじめキリさんには《クラーク・ワークス》と碓氷のことを伝えてあった。想像より悪い事態かもしれない。ウツィアは観客たちを自分のイメージを出力するプロセッサのごとく使っている。

しかし、終わりは唐突に訪れた。

第三楽章のフィナーレに入ったところで〈仮相〉たちに不吉な震えが走った。

「やば。パソコン負けた」

キリさんの不穏な呟きに呼応するかのように、それまで碓氷たちの像のおもてにみなぎっていた緊張感が、だしぬけにほどける。輪郭が曖昧になり、服や肌のディティールがどろりと溶けていく。四肢は融け、胴体と一体化し、球体へと近付いていく。

やがて、碓氷たちは内側から破裂した。

ウツィアの呼吸が乱れたその一瞬の隙をついて、黒海さんが猛烈にテンポを巻きはじめる。

呆然と庭を眺めていたウツィアが我に返って引き止めようとしても、無駄だった。すぐにアンサンブルの主導権は完全に黒海さんに奪われる。主題が回帰し勝利のファンファーレを繰り返すころには、ウツィアは引きずられながらなんとか音を並べているような有様だった。

槌を振り下ろすような終止音が、空間全体に響いた。

静寂のなかで、ウツィアが立ち上がって、後ろを向く。そのまま静かに両腕を持ち上げて、顔を覆う。


その日は帰るなり部屋に閉じこもったウツィアだったが、翌朝にはけろりとした顔でリビングに降りてきて、観光に行きたいと言ってきた。

まるで何もなかったみたいに、リサイタルに向けて調子をどんどん上げていった。黒海さんとの間にはなぜかスポーツマンシップ的な認め合いが生じたようで、室内楽のリハーサルもスムーズに進んだ。並行して、私のガイドでいろいろな場所を見て回った。

そうして無事に、京都コンサートホールでのリサイタルを迎えることができた。

＊

『いま、京都コンサートホールにいます』という通知に気付いたのは、リサイタルが始まってしばらくののち、アーティストラウンジに戻ったときだった。碓氷佳奈からだ、と気付いた瞬間、心臓が跳ねた。

数日前、私は衝動的に碓氷のSNSにダイレクトメッセージを送っていた。

碓氷の留学先がポーランドだったのを思い出したのだ。そして、東欧へ留学していたピアニストからこんな話を聞いたことがある。――バレエ学校で稽古ピアニストをしてたんだ。現地の音大生じゃよくあるバイトだったからね。

もしや、と思ったのだった。

ウツィアが来日していること。コンサートが予定されていること。……しかし、メッセージを送ってすぐに後悔の気持ちが湧いた。既読も付かないうちに謝罪の連絡を送り、そのまま忘れていた。返事が来るとは思わなかったのだ。

震える手でメッセージを開くと、そこには長い文章が綴られていた。

バレエ学校で二人が知り合ったのではないかという私の推察は、当たっていた。しかし真に衝撃的だったのは、バレエ・ピアニストとしてのウツィアに関する説明だった。

ウツィアのピアノとともに稽古に励んだ若者たちの多くが、酷く怪我をしたらしい。関節を伸ばしすぎて、腱を断裂させた者。無理な速度で足を掲げようとして、関節を痛めたもの。フェッテの着地に失敗して骨折した者。

ウツィアのピアノに合わせて踊ると、テンポ通りに進んでいるはずの音楽が、そのうち歪んで聞こえるらしい。アティチュードをしていれば永遠の時間が流れるように感じ、フェッテやピルエットでは信じがたいほど速いような気がする。なお恐ろしいことに、録音を聞いても普通に弾いているようにしか聞こえない。

ほんとうに無傷のまま卒業できたのは、碓氷だけだったのだそうだ。

……私を造ったのは彼女です。私はそれを誇りに思います。

でも、彼女は危険すぎる。彼女としてはただ、自分の理想どおりに踊ってほしいというだけなのが、なお悪い。

だから私は、彼女から逃げ続けることにしたのです。

会うことは、もうないでしょう。それに、盛りを過ぎた私の身体はもう、彼女の「赤い靴」には耐えられません。……


碓氷はポーランド国立バレエのレインボー・ストライキを先導し、懲戒処分を受けた。政治家が列席する試演会で、ＬＧＢＴＱへのヘイトクライム容認を弾劾する横断幕を、舞台一面に張り巡らせたのだ。それが契機となってイギリスのカンパニーへ移籍したと多くのメディアに書かれている。

しかしそれは事実の一側面でしかなかったのかもしれない。


「カナデはどうして音楽が好きなの？」

舞台袖で、ウツィアがそんなことを訊いてきた。

明るい表情とは裏腹に、まるで葬列に参加するような格好だった。黒い繻子で出来たドレスには縫い取りひとつない。控えめに首に提げられているのは、琵琶湖を観光した時に土産物屋で買った真珠のネックレス。それをウツィアが手に取ったとき、〈仮相〉に似ている、と思った。

〈仮相〉に対する期待は、ウツィアの中から消え失せてしまったのだろうか。あの装置に、彼女のイメージをそのまま再現するほどの能力はなかったのは確かだ。

わからない、と私は首を振った。

「そんなこと、考えもしたことがないかもしれない。ずっと音楽と共に過ごしてきたから」

「素敵。私はね……」

定刻で再開します、という舞台さんの声を聞いて、ウツィアは口を噤んだ。客席のライトが落ち、舞台の上が明るくなる。私は袖口のドアの側に立って把手を掴み、キューを待った。

小窓から舞台のほうを見つめていたウツィアが、さりげなく私のほうを振り向く。

「凍らせることができるから」

さっき言いかけたことの続きだと気付くのに、少し時間が掛かった。

「何を？」

「時間を」

つと指先に冷たさが蘇った。

客席にいる人々が生きながらにして凍らされていくところを想像した。バレエ学校の生徒にできたのだから、そんなことだってできるのかもしれない。

でも、と私はその考えをすぐに打ち消した。多分、もう彼女はその力を他の誰かにふるうことはないのだろう。碓氷の幻影を追い求め続けている限りは。

何も問題はない。ウツィアは素晴らしいピアニストだ。

舞台さんがキューを出し、私は袖口のドアを開く。ウツィアが舞台へと歩き出すと、周りにいた舞台さんが一斉に拍手をはじめ、私も把手を手放してその輪のなかに入る。

閉じゆくドアの隙間から舞台が見える。まばゆいライトの中で、ウツィアがお辞儀をしている。

聖地と呼ばれる町で

鈴木無音

「聖地と呼ばれる町で」鈴木無音
Suzuki Buin

本作の舞台は京都府北部の丹後半島に位置する、とある海辺の町です。坂下雷電という有名な映画監督のサスペンス映画『劇薬』の舞台であり、映画ファンからは“聖地”として扱われているその町で、主人公は両親とともに民宿を営んでいます。しかしある出来事をきっかけに、雷電監督の息子であり自身も映画監督をしている坂下歩監督がこの民宿に泊まりにくるようになり——。

鈴木無音さんは京都生まれ京都育ち。無音は「久しく便りをしない」という意味で、功名心でへんに焦らず創作と向き合おうと考えてつけたそうです。好きなSF作家は星新一。市井の人々のそこにある生活を、そっと掬い上げるように描き出す端正な文章をお楽しみください。

僕が映画の寄稿文を書くことになったのは、『ニンアリと暮らす』を手掛けた坂下歩監督の指名だからだ。

「民宿のブログの感じでいいんで。あれ好きなんですよ、まじめだけど抜けてる日暮さんのぽや～とした性格がそのまんま出てて」

彼はテレビで見たままの人だ。大型犬のような人好きのする笑顔と間延びした口調。彼の言葉を書きおこすとまったく褒められていないが、あの柔らかい抑揚で言われたら不思議と悪い気がしない。

ドキュメンタリー映画『ニンアリと暮らす』の舞台である、京都府北部に位置する丹後半島のなかでも最北の嶋浜《しまはま》町で、僕は民宿を経営している。日本海まで徒歩八分。京都駅から東京駅まで新幹線で約二時間かかるが、京都駅からうちの最寄り駅までは最短でも約二時間二十分。インターチェンジができるまでは、京都市民にとって東京より遠い町だった。絹織物産地なので機屋《はたや》から漏れるガチャガチャという小気味よい機織りの音を聞いて育った。

僕の地元ではタンゴクボガイのことをニンアリと呼ぶ。磯で採れる小粒の巻貝類を「ニンナア」あるいは「ニンニャ」と方言で呼ぶことから、「ニンニャに似た、難のある貝」を縮めて「ニンアリ」となったと祖母から聞いた。

映画ファンのみなさんにとっては、歩監督の父である坂下雷電監督の『劇薬』に出てくる宝石と言えば伝わるだろう。光が射さない海の奥底、深海世界を閉じこめたような闇が交じる群青色。見るものの欲望を引きだす呪いの真珠、タンゴパール。実は貝殻の内壁を加工して作るため、貝の分泌物から作られる真珠とは異なるのだが、ブランド戦略としてつけられた名前だろう。

流通量が少ない知る人ぞ知る宝石の需要が高まったきっかけは『劇薬』だ。出演者たちは国内外の映画祭で、タンゴパールのアクセサリーを身に着けた。胸元のあいたドレスにはネックレスを合わせ、着物には帯どめ、主演俳優はネクタイピンとカフスボタンでさりげなくアピール。当時の雑誌記事を読むと、まるで宝石店の広告塔のようだった。魅力的に見せれば見せるほど作中での説得力が増すからだ。希少な宝石をめぐるサスペンス映画は、実はうちの民宿で構想が練られた。

　善良ではあるが退屈な日常を過ごしている青年が趣味の釣りに出かけると、老婆の水死体を見つける。当初は事故死かと思われたが他殺だと判明した上、いつも身に着けていたタンゴパールのブローチがない。青年は遺族や周囲から殺人と盗難の疑いをかけられ、精神的に追いつめられていく。

『劇薬』のロケ地である影響は公開から四十年経った今も感じている。映画公開日、雷電監督の誕生日、そして命日は毎年予約が殺到する。だからこそ問題が起きる前に、この可能性に気づくべきだった。

　七年前、雷電監督の命日に交霊配信という不謹慎な動画がうちで撮影されてしまった。うちは民家を改装した一棟貸しなので、友人から動画を教えてもらうまで気づけなかった。

　雷電監督のプロダクションにすぐ連絡を取って謝罪した。こんな騒ぎは僕には初めてのことだが、高名な監督には残念ながらよくあるようで、むしろねぎらっていただいた。

　歩監督のＳＮＳにまで野次馬が集まってしまい、慌てて謝罪と〈今後一切、坂下雷電監督の命日には宿泊客を取りません〉という旨をメールで送ると、ほどなく返信があった。

〈俺が七十年先まで予約します。人生百年時代、それぐらいは生きてると思うんで〉

ジョークで返してくれるなんてできた人だ。歩監督の映画は公開初日に必ず観ると心に決めて返信をする。

〈ありがたいご提案ですが、うちが七十年も続くとは思えません。お時間が合えば、ぜひ閉店前にいらしてください〉

翌年、まさか本当に来てくださるとは思いもしなかった。

最寄り駅まで車で迎えに行くと、まるでコンビニへ出かけるかのように手ぶらで、ヨットを模した小さな駅から歩監督が出てきた。二月下旬にしては軽装だ。朝方に積もった雪が踏みかためられた歩道を革靴でおそるおそる歩いてくる。

親が偉大だと苦労しそうだが、すでに国内外で活躍する有名人。当時彼は三十一歳で僕より二歳下。長時間電車に揺られてすっかり乱れたボサボサ頭と、寝不足らしい疲れた肌艶のせいか実年齢よりも上に見えた。

自己紹介と改めて謝罪をしたあと、車に乗りこむ。バックミラー越しに後部座席を見たら、その視線に気づいた歩監督は「こんな寒いとは思わなかったです」とこぼす。季節風が吹く豪雪地帯なので、寒さは一層身に染みる。毛布や暖房器具を追加したほうがいいかもしれない。

歩監督は敬語こそ使うものの、あけすけでものおじしない人だ。

「ばあちゃんち感すご！」

と、うちの民宿を見て言った。もともと曾祖父母の住まいだったから的を射ている。木造二階建てで、よく言えば昭和レトロ。海洋汚染を調べる大学研究者に空き家を貸したことがきっかけで民宿を始めた。

丹後は今でこそ蟹食べ放題ツアーを売りにした旅館もあるが、戦後はタンゴパールの密猟で治安が悪化し、不法投棄や漂着物のゴミ問題で高齢化の進んだ漁業者が廃業する苦しい時代もあった。『劇薬』公開後は家族の所有するタンゴパールを勝手に売りはらい、一家離散した話も聞く。だからこそ地元住民はニンアリを「幸のある」ではなく、「難のある」と言う。宝石で儲かるのは一部の人だけ。うちだって七十年先どころか、五年先にどうなるかわからない。

歩監督の滞在中、僕は彼のガイドになった。夕飯によさそうなおすすめ居酒屋まで車を出し、食事代をうちに請求するよう店長に頼んだら、歩監督から断られた。

「送迎はありがたいんですけど飯代は払います。そんなに気を使われたら、次から泊まりにくくなるんで」

次があるのか、と思っていたら「次があるのかと思ってません？」と笑った。

「口約束はそこそこ守るほうなんです」

その言葉通り、翌年も翌々年もやってきた。多忙なせいか寒さのせいか、いつ見ても疲れた顔だ。外食よりも部屋飲みが好きらしく、僕は地酒を提供した。お互いがいける口だとわかると、ふたりでの部屋飲みが毎年恒例になった。

四年目の年、つまみの準備をしていたら歩監督に尋ねられた。「なんで」が彼の口癖で、この日も言った。

「なんで町のみなさんは『劇薬』を撮らせてくれたと思います？」

こんなふうに問うとき、納得がいく答えを出すまで許してくれない。探求心が強いのだろう。

また始まったなと思いながら、続く言葉を待った。

「撮る撮られるの関係って、監督が絶対権力ではないんです。撮影許可が出ない場所も、もちろんある。町おこしのために映画の舞台に選ばれたがる自治体はありますけど、嫌な描かれ方するのは誰だって嫌でしょ？」

たしかにヒューマンドラマや社会派で知られる雷電監督の作品のなかでも、『劇薬』は低予算B級映画の位置づけだ。

「知ってます？　坂下雷電は予言者だという説がネットにあるんですよ。あの映画内で未来の埋め立て工事を予言したって」

知ってる。僕は同情心から深くうなずく。交霊配信をした人たちも似たようなことをわめいていた。

映画内で殺された老婆の死の真相には、埋め立て工事が関わっていたという筋書きだ。犯人の動機が語られる重要なシーンさえ、雷電監督が予言者である証拠扱いされるなんて驚きである。

「親父の回顧録を出版するため、構想メモとか引っぱりだしてるんです。企画当初はどうやら、ぜんぜん内容が違ったみたいで。脚本の初稿と決定稿が変わることはあるんですけど、ちょっと気になってて」

「参考になるかわかりませんが、明日にでも宿泊当時の様子をうちの両親から聞きます？」

「いいんですか？」

「話半分に聞いてください。だいぶ盛ってると思うんで」

翌朝、チェックアウト前に両親に話してもらった。当時は宿泊客が映画監督だと知らなかったそうだ。

「研究者かと思ったんですよ。私服だからサラリーマンの出張には見えないし、おひとりで一週間も泊まらはるから」

そう言って、宿泊者名簿を父が出してくる。地方の民宿や旅館で缶詰になるのは、雷電監督の執筆スタイルらしい。

お客さん相手に繰りかえし話しているせいか、エピソードを語る口調がよどみない。

「清掃を断られたから一週間ぶんの汚れを覚悟したが、まるで未使用みたいにきれいだった」とか。「エキストラに応募したら希望者が集まりすぎて落選した。これだけの人気者に宿泊先として選んでもらえて誇らしかった」とか。

何度となく繰りかえされた自慢話だ。俺が生まれる前のできごとだし、ドヤ顔がうっとうしかったから聞きながしていたが、ふと気になって聞いた。

「うちのどこが気に入ったって言ってた？」

「素朴さがよかったんと違う？　この町に昔から住んでるみたいに過ごせる家やから」

母が言い、父がうなずく。

郷土資料を見たいという歩監督の申し出により、僕が市立図書館を案内することになった。開館時刻まで時間があったので歩監督とふたりで浜辺を散策した。『劇薬』のロケ地のひとつだ。

広い駐車場と安い駐車料金のおかげか、夏はごった返すけれど、風の強い今日のような日にはさすがにひとけがない。透明度が高くて遠浅のビーチ、どこまでも続く水平線、曇り空の冬の海は荒れている。

聖地巡礼にやってくるお客さんは、映画内の景色と違うことにがっかりする。遊歩道やキャンプ場が併設され、整備された現代の浜辺に僕はすっかりなじんでいるが、お客さんが求めている昭和の景色ではない。素足で歩けないほどゴミが散乱し、もっとみすぼらしく物騒な場所。けっして住みたくはないが、たまに見るぶんにはおもしろい場所。

予言なんて聞いたせいか、冷たい潮風が頬を撫で、白い砂に足が取られるたび、ぞっとするような嫌な感じだ。

「そういえばさっき、予言については尋ねませんでしたね？」

　僕が聞くと、歩監督はあきれたように言う。

「そんなことを言いだしたら、いい大人が何考えてるんだと思われるでしょ？　親父を知ってる人に心配されたくない」

　まるで自分こそが常識人かのような口ぶりである。今度は僕があきれた。

「……僕には言ったのに？」

「日暮さんは、ほら。酔っぱらった俺の話にも付きあってくれた人だから、話しやすくて」

「ほかになんか聞きたいことあったりします？」

　少し考えるような間があったあと、真顔で言った。

「正直、親子三人で生活できます？　あの宿泊代金で」

　あまりにも遠慮がなさすぎて、むしろ毒気が抜かれる。

「夏はいいんですが閑散期はさっぱりで。古い建物だし、修繕費用でどうしても足が出ますね。母はパートに出て、僕は他店の動画編集や広報を手伝っています。まあ、ここで宿をやっている信頼込みでもらえる仕事ですけど」

「ずっと地元にいるんですか？」

「そうですね」

「なんでずっといるんです？」

また「なんで」だ。進学のために地元を離れた同級生は多いが、高卒で地元に就職する人も半数ぐらいいて、僕もそのひとりだっただけ。なんとなくの産物だ。

「なんで毎年来てくれるんです？　ここがいいところだと思ってるなら、そんな質問をしませんよね？」

するとと歩監督は目を見張った。

「……じゃなくて。いや、そう受け取られる質問しましたね。すみません。えっと、待ってもらっていいですか。うまく言葉が出ない」

ぶつぶつ言いながら、太くてつるつるした木の枝を見つけると砂に突きさした。

「これを坂下雷電だとします」

何が始まったのかと思いながら、ひとまずうなずく。

「偉大な男です。あの人がいた場所が〝聖地〟になる。映画の主演や助監督など、坂下雷電と仕事をしたことが代表的な経歴になってしまう。家族ですら知らない美談が国中、世界中に散らばってる。最初は親父を超えることが目標でした。坂下雷電の息子ではなく、あの坂下歩の父親が雷電だと呼ばれるように」

坂下雷電と称した木の枝の影に、歩監督は細くて短い枝を突きさした。雨風にさらされて白くなったみすぼらしいそれを。

「さっき言ってましたよね、宿の信頼込みで仕事もらえるって。俺は親父の名前で仕事をもらえてた。でも俺を認めてくれる人が増えてからのほうが恐ろしくなった。俺も〝聖地〟になってしまうんだって。ただ楽しいだけじゃだめで、興行収入を伸ばすだけでもだめで、よくも悪くも他人の人生変える自覚を持たなきゃだめだって」

つむじが見えるほど、深く頭を下げてきた。

「日暮さんが生まれ育った町をくさしたかったわけじゃないんです。俺の迷いで、俺の問題です。……すみません」

気にしないで、と言うのも違う気がした。

撮る側と撮られる側。

来訪者と地元住民。

僕は歩監督が言う〝聖地〟で育った。映画が公開されたあとに生まれ、雷電監督の影響下で生きてきた。歩監督から何度も投げかけられた「なんで」を初めて自分自身に問いかける。

「……選択肢がなかったんです。なりたいものなんてなかったし、よその土地で僕に何ができるか、イメージする力がなかっただけ」

なんでずっと地元にいるのか。なんで出ていく側にならなかったのか。認めてしまえば、自分の小ささやみっともなさがあらわになって悔しい。でもどこかすっきりもした。

「言っときますけど、記念日を毎年うちで過ごしてくれるお客さんもいますから。規模は違いますけど、他人に影響を与える人生を送ってる人間なんて、あなたたち親子だけじゃないんですよ」

あえてからかう調子で言えば、歩監督は「そうっすね」と笑った。涙をこらえるように鼻をすすった音は聞こえなかったふりをした。

冬の海はさみしい。夏の日差しの下ならば、考えないだろうことで悩んでしまう。僕の故郷の海を冬しか知らない歩監督に、夏にも来てほしいと言おうか。いや妙に律儀な人だから、忙しいだろうに本当に来そうで言葉をのみこんだ。

車で市立図書館に向かう。町の中心部に位置する複合施設の二階。スーパーからも近いためか、開放的な広い館内には平日の開館後すぐでも赤ん坊を抱いたお母さんや常連らしいご老人たちが親し気に挨拶している。

郷土資料コーナーの一角に『劇薬』公開当時の新聞や雑誌の切り抜きなどが展示されていた。司書に聞いたところ、有志が寄贈したものらしい。

「うわ。映画公開後に工事計画が発表されたんだ」

小声でそう言って歩監督が顔をしかめる。海岸防護や高波対策など、海岸環境整備事業はそう珍しい話ではない。

「たまたまタイミングが近かっただけでは？」

「そうですよね、たまたまっすよね」

歩監督は力なく笑う。

「親父を神格化する人は珍しくないんですよ。愛人だ、隠し子だって言ってくるやつも多くて。相手にせず、聞きながすのが正解だってわかってるんですけど……」

資料の寄贈者は教えてもらえなかったが、写真撮影許可を得た。今思えば、このときすでにドキュメンタリー映画の構想が頭にあったのかもしれない。父の功績、あるいは功罪を知ることで自分の未来を探す映画。

『ニンアリと暮らす』はダブルミーニングなタイトルだ。

ニンアリが採れる地域を舞台に、そこで生活している人たちの姿を映す。そして同時にニンアリを呪いの宝石にしてしまった父を持つ、息子の葛藤を映しだす。数年一緒に過ごしたが、僕は僕視点でしか歩監督を知らない。

だから試写会で初めて知った。彼がスランプだったこと。

映画は撮影から公開されるまでに時間がかかるから、毎年新作を出している歩監督は飛ぶ鳥を落とす勢いのヒットメーカーに見える。彼が抱えていた問題は近しい人しか知らない。

雷電監督の回顧録の編集作業は、学生時代からの恩師に言われたことだった。

「この世界で生きるなら、坂下雷電を投影されることと向きあいなさい」

その矢先に起きたのが交霊配信の炎上騒ぎだ。動画自体は映しだされなかったものの、当時のネット記事や気遣う大量のメッセージには胃が痛くなった。

スクリーンに広がる暗い、暗い、夜の海。寄せては返す静かな波、白く濁る吐息、湿った潮風のすえたにおいがするようだ。僕が夏の海を見せたいと思った人は、よりによって冬の夜の海を眺めていたらしい。

ひとりで見るぐらいなら僕を呼べばよかったのに。

今更そんなことを思っても仕方ないのに、それでもそう思ってしまった。

「今までのこと、映画にしたいんです」

歩監督と出会って五年目の冬、今年は宿泊できないと電話があった。いつかそうなるとは思っていたが、映画なんて予想外の提案に驚く。

「なんでですか?」

とっさに歩監督の口癖が僕の口からついて出た。

「なんでって、……なんだろ? わかんないです。わかんないんですけど、今の俺に必要なことかなって思ってて。日暮さんが埋め立て工事について調べてくれたメール、覚えてます?」

もちろん覚えている。

歩監督を駅まで送ったあと、ひとりで図書館に戻った。資料の寄贈者はやはり教えてもらえなかったが、うちが『劇薬』の構想が練られた民宿であることやそれによって起きたトラブルを司書に打ちあけ、「対策を練るためにも手助けしてほしい」と伝言を頼んだら、しばらくして連絡が取れたのだ。

結論から言うと、雷電監督は予言者ではない。

寄贈者のAさんはうちの近くの飲食店で働いていた。地域の伝承から噂まで、雷電監督は興味深そうに聞いてくれたそうだ。当時の最新の噂はリゾート開発のための埋め立て工事だった。現地調査などで、工事計画の正式発表前に近隣住人が知る機会があったらしく、飲食店のお客さんから聞いたAさんが雷電監督に話したことで、その要素が映画に加えられた。

わかってしまえば、なんてことない。拍子抜けしたあと、ふつふつと怒りが湧きおこった。この程度の可能性も考えない人のせいで、僕らはあんな迷惑をこうむったのか。

――よくも悪くも他人の人生変える自覚を持たなきゃだめだって

歩監督がそう言ったあの朝から、ずっと考えていた。彼の映画で映画人を志した人だっているだろう。彼が今後、誰かに与える影響は計り知れない。彼は〝聖地〟を作る人だ。

だからこそ、綴った。

〈Aさんは言ってました。「映画のなかに故郷が残っている」と。反対運動をしても工事は実施された。観光客でにぎわう海は家族や友人と過ごした海ではない。『劇薬』はB級扱いされるけど、人間の欲望が社会の在り方を変えてしまう姿を描いているテーマ性は一緒なんです。もし今後、うちが映画の舞台になるとしたら、歩監督みたいに自分の影響力

をちゃんと怖がれる人に撮ってほしい〉

試写会のスクリーンに僕が送ったメールが映しだされる。

スランプの人に言う言葉じゃない。映画内で使っていいか尋ねられて了承したものの、まわりの反応が怖い。僕はとっさにスクリーンから視線を外すが、そのタイミングで拍手が起こった。ぱらぱらと始まった拍手が力強く大きく、広がっていく。試写会にいるのは映画関係者と一部のファンだ。彼らは歩監督の再起を歓迎しているのだ。

そうわかった途端、ふわりと体が浮くような高揚感があった。立ちあがってみなさんにお辞儀したい衝動にかられたが、肘置きを強く握りこみ、背もたれに深く背中をくっつけた。

ネタバレをどの程度伏せるべきかわからないので僕が知ることを全部書いた。添削してもらえるだろうが、歩監督はこの言い訳も含めて採用しそうだ。

この映画は、町おこしのために映像作品のロケを誘致したい地域の人たちにおすすめだ。舞台になったあとのことを知れる映画はなかなかない。そして映画監督になりたい人にもおすすめだ。

あなたが撮った作品は、いずれ〝聖地〟になるだろう。まったく関係ない人間があなたの名前や作品を勝手に使う。トラブルのしりぬぐいで夜も眠れなくなる。ＳＮＳで悪評を見るのは怖いがエゴサをやめられない。そんな恐ろしい現実がここには映しだされている。

この映画を観ている間、思ったことがある。

雷電監督は夜眠れていたんだろうか？

通学ルートの近くを殺人現場にすることをどう思っていたんだろう？　他人の地元の特産物を呪いの宝石にすることへのためらいはなかったのか？

実はここから先の文章を何度も書きなおしている。

寄稿文を僕が書くことで映画の見方を固定化しそうで怖い。『ニンアリと暮らす』の試写会で思いがけず拍手されて、僕は立ちあがりたくなってしまった。僕が書いたメールとはいえ、拍手したくなる演出をしたのは歩監督なのに、自分の手柄だと錯覚しかけた。

僕はたいした人間ではない。でも、たいした人間のように扱ってくれる人がいれば、たいした人間に見えてしまう。その逆もしかりだ。

歩監督は〝聖地〟と呼んだが、僕は〝墓標〟だと思う。自宅前を殺人現場の撮影に使う人はたぶんいない。なんとなく嫌だろうから。

死体を遺棄していい場所、いけない場所。

ケガレの場所、ハレの場所。

『ニンアリと暮らす』の公開に際し、『劇薬』のリバイバル上映が決まったそうだ。だからみなさんにも今一度、考えてほしい。映画を撮影したあとも、そこに暮らす人がいることを。

進学や就職で他府県に行った友人らは、地元の説明をするのが苦手だと言う。まわりの反応が悪いからだ。京都は抹茶とか舞妓とか神社仏閣のイメージで、海寄りだと言えば「京都に海がある？」と返される。ロケ地になった映画名を出せば、検索して出てくる画像は老婆の遺体。映画ブログでは低予算B級映画として紹介され、田舎の因習による醜い争いがセンセーショナルに書かれている。まるで実際にそんな町であるかのように。

『ニンアリと暮らす』が大ヒットすれば、そのイメージが払しょくされる期待も最初はあった。でも撮影が進むにつれて気づいた。一本の映画にそこまでの変化を求めるのは違う。

試写会に集まった人たちは歩監督がスランプから抜けだしたことを祝福した。ヽ、スランプ、ヽ、ヽ、ヽ、ヽ、ヽ、ヽ、ヽ、ヽ、ヽ、からの脱却は祝福されるべきであるという既存の物語に乗っかった反応ではないか。

夜眠れずに冬の海を眺めるほど追いつめられた人間が、はたしてその職業を続けるべきか？　その答えは歩監督のなかにしかない。だから僕は自分の行為を美談にはしたくないし、してはいけないと思う。

最後に改めて言いたい。歩監督、そして映画を観たみなさん、夏の海にも来てください。できれば春も秋もそれから冬も。映画内で描かれたこと以外にも世界があることをどうか忘れないで。それが〝聖地〟と呼ばれる町で生きる僕の願いだ。

参考文献
京都府ホームページ「丹後の海の生き物」https://www.pref.kyoto.jp/kaiyo2/gangara.html（参照2023年5月12日）

おしゃべりな池

野咲タラ

「おしゃべりな池」野咲タラ
Nosaki Tara

京都の南には昔、巨椋池《おぐらいけ》という巨大な池がありました。近代の干拓事業によってなくなった巨椋池の跡地がある、久御山が本作の舞台です。久しぶりに久御山にある祖父の家に滞在することになった主人公は、無口な祖父との距離を縮めるために色々なアプローチをするのですが中々上手くいきません。ところが二人で訪れた美術館の展示を前に、これまでの無口が嘘のように滔々と祖父が話し始め……。

野咲タラさんは、2021年に「新しい鳥の素材」で第二回かぐやSFコンテストの選外佳作に選出されました。2022年にはKaguya PlanetにSF短編小説「透明な鳥の歌い方」を寄稿。自身の調査をまとめた『ハヤトウリzine』や『木造船のその後』などZINEの制作をしています。テーマや題材を独特の身体感覚や言語感覚でフィクションの中に体現する力を持っており、新鮮な読書体験を味わわせてくれる書き手です。

「こりゃたいそうなレンコン畑じゃな」

咳払いをしてから祖父がそう呟いたのは、印象派で有名な画家の描いたスイレンの絵の前だった。

民俗学について講師をしている関東地方の大学が夏の長期休暇に入ったのを利用し、辛うじて京都市内に位置する伏見の実家に帰ろうとしたところ、生憎父親が足を骨折し、しばらく入院が必要となった。母親はこのタイミングでの息子の帰省を好機と捉え、私は祖父の様子見を頼まれてしまった。実家に居ても本を読むばかりで私が時間を浪費しているとの母親の言い草は心外だった。それも仕事の内、むしろそれこそが、と繰り返し訴えても、一般的には論文を書く労力は理解され難い。しかし言い換えるとこの通信網の発達した時代、読むべき資料さえ手に入れば、そこが火星であろうと私の仕事には差し障りがない。よって今年私は実家ではなく、そこから半時間ほどの久御山の祖父の家へと一ヶ月ほど滞在することになった。

祖父は齢八十を超える。年齢に反して足腰が丈夫で元気なのは、毎日畑に出ているからだろう。その畑を手放すことに折り合いがつかず、母親からの同居の提案をよそに、随分前に祖母を亡くした祖父は寡《やもめ》一人でずっとそこで暮らしている。老いた祖父が心配で、母親は普段からまめに世話を焼きに行っているようで、整頓された祖父の家には、綺麗好きの母親の出入りの痕跡がよく残っていた。実際、料理を得意とする祖父の家での私の家事担当は掃除と洗濯だった。

「あんた一人暮らしなんだから洗濯だって慣れたもんでしょ」

そう母親に言われて思い出すのは、幼少期にはよく母親に付いて祖父の家に行った記憶である。洗濯機を回す横で母親から洗剤を分けてもらい、シャボン玉を飛ばした。祖父の家での唯一の遊びだ。幼心に祖父の家は退屈極まりない場所だった。そこは京都といっても一面に殺風景な畑が広がり、無口で愛煙家の祖父は空に向かって口から灰色の煙ばかりを吐いていた。何もない畑に広がる空は一層広く思えた。会話の代わりに、灰色の煙と虹色に光る透明な球体が幾つも空に吸い込まれていった。

それから十数年ぶりに再会した祖父は、私が背が伸びた程に皺と白髪が増えていたが、口数は幼少期の記憶の通りだった。しかし、私も今や大人である。子供の頃のように無口に無口を返すような態度は慎み、今回は出来る限り祖父との交流を深めようと試みた。それには月並と言えどもその日の天候の感想に添え、最近の東京事情については挨拶代わりに、次いでこれまでの祖父との時間の空白を是幸いに自らの半生を素材に再構成した自分史を披露したりもした。もちろん会話には相手がいる。自分語りには留まらず、祖父の話を引き出そうと試みもした。手始めにその日の畑の具合は当然のこと、思いつく限りのあらゆる部類の好物を尋ねてみたり、時に話の切り口になりそうな祖父の部屋にある木彫りの熊に関心を寄せてみたりした。しかしどの話題にも祖父は曖昧な相槌を打つだけで、その口から流暢に流れ出すのは相変わらず灰色の煙ばかりだった。

祖父の無口は遠方からやってきた久方ぶりの孫に一向に歩み寄る様子もなく日が過ぎた。鉄よりも重い無口の扉を開くために思いつくにわか手段も底を尽き、ふと我に返った。祖父はただ本当に静かに暮らすことを好んでいるだけではないか。それならば余計なお節介は慎むべきかもしれない。祖父の生活はこれまで通りそっとしておき、私は私の時間を過ごそう。

そう思い直すと、せっかく久しぶりに京都に長期滞在しているのだから、資料ばかりを読む日々の息抜きに、かねてより気に掛かっていた大山崎にある私設美術館へ赴こうと思い至った。美術館の建物は関西の実業家が大正から昭和にかけて建てた別荘で、のちにビール会社が引き継ぎ現在まで至る。所蔵品には民藝運動の作家の作品が多くみられ、近代の成り立ちの過程から生まれた民俗学を生活の糧にする身としては、建物にしろ、作品にしろ、ついそのあたりの時代の創造物には関心を寄せてしまう。一人でいそいそと遠出の美術鑑賞へ向かおうとしていたところ、意外にも自らの希望があり、祖父も同行する運びとなった。


「え、レンコン？　これはスイレンだよ、おじいちゃん」

久しぶりに口を開いた祖父がそれをレンコン畑だと呟いたのは、美術館が複数所蔵している連作絵画のうちの一つだ。印象派は近代を代表する絵画運動である。

この著名な絵画は対象となるスイレンの花を描いたというよりも、スイレンの花が存在する水辺の風景を描いたと言った方がいいだろう。筆跡は色と形に分解される。分解された色や形が水面、円形の葉、花、そして光といった要素を成し、画家がその時見ていた瞬間となり画面上で溶け合う。画家は眼前の世界が作り出す色彩と光を見えるそのままに描こうした。

「ほらここ、キャプションにも書いてある」

するとあれだけ無口だった祖父は、ここにきてさらに言葉を重ねはじめた。

「そうか。こりゃスイレンか。しかし、よう似とるぞレンコンに」

「そもそもレンコンって、花、咲くんだ？」

「レンコンは漢字だとハスの根っこと書くじゃろう。蓮根は蓮の花が咲くんじゃ」

「へえ、そうか。つまりは睡蓮と蓮の花が似てるって事だね。でも、蓮根に詳しいんだね、おじいちゃん」

「蓮根は、わしの親父が家の前にあった池でようさん採っとったからな」

「家の前の池ってなんのこと？」

「わしの家の前の畑、あそこの畑が前は全部大きな池じゃったんじゃよ」

「どういうこと？」

「八百ヘクタールほどの池があそこにあったんじゃ」

祖父の饒舌は加速する。

「池では蓮根を掘り起こして出荷しとった。花や葉は切り花としてお盆時分に売っとったが、蓮根を採って売ってる時分の方が秋から冬、春と長かったからな。親父は蓮のことを蓮根と言っとった」

「僕の曾祖父さんって蓮根農家だったの？」

「いや、蓮根は副業じゃ。親父は池で魚を獲って暮らしておった。淡水の池には海の魚とはまた違い、鮒や鯉なんかがおった。池の周りの者は大昔から池の魚を獲って生活してる者が多かったからな。それに魚を獲っとったのは人だけやのうて、魚を探す鴨が頻繁に水面に顔を沈め、カワウソが大胆に魚を捕まえとった」

そう祖父が言うと絵の水面が揺らぎ、魚がささやかに跳ねたような気がした。この絵は作家自身が色彩と光を余すことなく描こうとした結果、元の絵画はたった一枚であるにもかかわらず、瞬間をめぐる風景が幾通りにも表情を変えて鑑賞者の網膜に迫ってくる。鑑賞者がその絵画の画面に近づいたり離れたりして知覚する色彩の距離が、一層、一刻と変化し、画面が細かく再構成され続けるような感覚だ。光が混ざり合い、絵がうずき、水が動く。

「わしの親父は漁業をしとったが、池の辺りには農業をしとる者もおった。大きな池じゃったから、池には島も浮かんでおってな。三十ほど浮かんだ島には田畑があるものもあった」

色と光の具合に形が変化し池の水面がまた揺れたかと思うと、今度は絵の画面に木造の舟がヌッと浮き上がってきた。

「この絵には舟も浮かんでたんだっけ」

いや、この舟は違う。この絵に舟は描かれていなかったはずだ。

「島に渡る舟には人や農具が積まれて岸と島を行き来したもんじゃよ」

続く祖父の語りは絵画から想起させられた記憶のようだ。独り合点がいく。

「そうか、これは美術館が用意した演出というやつだな」

鑑賞者が作品から受け取る刺激は甚大なものだ。鑑賞者が作品に触発され想起する脳内の映像を観ることが出来たなら、それはまた原本とは異なった新しい刺激を生み出すことになるだろう。その新しい刺激を可視化する装置がこの美術館には備わっているようだ。

Moooo ーっと長く篭って尾を引く重低音がお腹に響く。さっきの舟の上に牛がいた。鳴き声は色と光の外側だ。空目だけでなく空耳をもたらす牛を乗せたその舟は、重厚な響きに合わせたように、殊の外ゆっくりと視界を移動した。

「舟は牛も乗せとった。島へと渡った牛は田畑を耕した。生活に牛や馬の力が必要だった頃の話じゃ」

絵画上に具現化される光景には、トラクター以前の風俗である農耕牛が存在する。そこに画家が傾倒したジャポニズムをも包括するアジア的エキゾチシズムを感じるのは、京都もアジアの一部であることに加え、今は存在しない風俗にロマン主義の欠片を見い出してしまうからだろうか。

画家がどこまでも目の前の瞬間を近代という技法で描こうとした風景の上に、鑑賞者による記憶の中の風景が重なり合う。祖父の語りは画家の描いたものとはまた別の近代を映し出す。

「この絵の花は、手前は赤色の花ばかりで、奥に白色がかたまっとるな」

「ほんとだ。群生している」

「池のヨシやアシ、ヒシといった水辺に育つ植物は種類ごとに群れをなして広がる性質が強い。中でも蓮根は大きくて派手な花を咲かせよるから、池の植物の中でも特別なもんじゃ。あちらこちらで赤やら白やら薄桃やら、それから形も花びらが多いのやらとんがったものやら丸いのやら。愛好家も多くてな。競って我先に珍しい花を咲かせようとしよった」

「この赤色の睡蓮も当時のフランスで新種として売り出されたものらしいよ」

「蓮根でも睡蓮でも京都でもフランスでも、花の新しい品種を作る方法は似たようなもんじゃないかのう。開花初日は硬かった蕾が少しだけ開き、二日目にはもっと仰山開く。一日目の少し解けた花びらに元の花の雄しべを取っ払って、次に別の花の雄しべを持ってきて人の手で受粉させる。そうやって掛け合わせて新しい品種を人工的に交配する輩もおったから、池で育つ蓮根の花の品種はさらに広がった。それに近くに咲く花同士で勝手に自然交配だってしよる」

「広い池に一斉に蓮の花が咲くとなると、さぞ圧巻の風景だろうね」

「そうさな。蓮見舟は夏の風物詩になっとった。早朝まだ暗いうちから蓮の花を見るための舟が池に浮かぶんじゃ。京都市内や大阪やもっと遠方から評判を聞きつけた人らが舟に乗り、池一面に浮かぶ百花絢爛の蓮の花を眺めとった」

浴衣を着て木造船に乗った人々が行き交う池は、突然、音もなくひび割れ出す。驚きながら見ていると、血管が方々に広がる様に木の枝が画面を這いはじめた。その枝先には小さな白い実がたわわに実っている。

「マラリアに効くと言われた栴檀《せんだん》の白い実は鳥が運んできよった。池は干拓されてなくなることになった。池の魚と島の田んぼでこの辺の者は暮らしとったけれど、魚と米は天秤の両皿でな。水の量が多くて魚がよく獲れた年は田んぼが水に浸かって米の出来が悪く、水の量が少なく稲作が好調なら魚が不漁となる。そのうち池の水質が悪くなり、漁獲高も減ってどうにもならん様になった」

「それで池を埋めたのか？」

「いんや、土を入れずにポンプで水を抜いた。国の一番最初の干拓事業じゃ」

「え、そんなことがあったんだ。それはいつ頃の話？」

「戦前の話じゃ」

「結構最近の話じゃん」

「干拓が始まってからも、少しだけは池を残そうという動きもあったが、干拓によって水量が減った池の水質はさらに悪化し、蚊を媒介にしたマラリアも流行して、最終的にはどうする事も出来ず、池は完全になくなってしまったというわけじゃ」

栴檀の枝で刷っていた絵画の画面はいつしか池自体の水が消え、現れ出た黒い水底が割れていた。乾き切らない水が光を神々しく反射し、灰色に輝き放つ。地面の上には枯れた蜂巣を残した。

祖父はまた無口になった。祖父が無口になると、絵画の中の池は再び元の絵画の通りの赤い睡蓮の花をいつの間にか浮かべていた。

美術館の近くの山には展望台があるというので、祖父と一緒に向かうことにした。都会の狭い部屋のパソコンの前で一日の間ほぼ動かない運動不足の若者が、山道の足元が悪い階段でよろけそうになっているのを差し置いて、毎日畑に出て農作業に身体を使う祖父は、山道を軽々と登っていく。

道中、祖父は告白した。

「わしは池の亡霊の言霊が強いらしい」

「コトダマってなんのこと？」

「さっきお前も見たろう。絵の中の池がわしの言葉の先手を行き、その様子を変化させていくのを」

「あ、あの美術館の演出は効果的だったよね」

「美術館の演出？」

祖父が怪訝な顔をした。

「語られる前の言葉まで映像に表されていたから、相当手の込んだ仕掛けだと思うよ」

「お前はあれを美術館の演出だと思っとるのか」

祖父は大きなため息をついてから言った。

「あれはわしに取り憑いた池が引き起こした言霊の現象じゃ」

「だからそのコトダマってなんのこと？」

「池が人間の会話を乗っ取るんじゃ。あの辺の者は池の話題をついしてしまう。それをかつての池周辺に住む者たちの間では池の言霊と呼んでおる。池はただでさえ、あの土地に残った人々に盛んに池のことを語らせようとするが、それがわしの場合と来たら、言葉と共に池の幻が現れる様になってしまったんじゃ」

どうやらさっきの出来事は美術館の展示演出ではなかったらしい。

「映像がおじいちゃんの話を先取りするのは少し不思議だったんだ」

「それじゃ。幻影は言葉に先行することがあってな。いつしかわしは池の言霊の幻影に合わせてしゃべるようになって仕舞い、そのうちにわしがしゃべりたいことなのか、池がわしにしゃべらせたいことなのか、混沌とする様になってしまった。それがえらく煩わしくてな。わしはもう随分前にしゃべることが億劫になった」

祖父の無口の思わぬ所以が語られた頃に、丁度山の八合目にたどり着いた。そこは天下分け目の山崎の合戦の時に、のちの天下人が千成瓢箪の旗を立てたという場所だった。そこに今は小さな展望台があり、淀や伏見、宇治の方までよく見渡せた。

「あの辺り一帯に昔は寝そべる様に広がった池があった」

祖父は自分が普段暮らす久御山を指した。

「遠くからだと池の跡はだいぶ小さくなるもんじゃな」

「池はなんていう名前だったの？」

「みんな野良猫を呼ぶみたいに好き勝手な名前で池を呼んだ。昔はあの辺には貴族の別荘もあって、綺麗な重たい着物をたくさん着た人たちが池のあたりにたまに遊びに来ては、優雅に眺めてオグラノイリエと呼んどった。それから、薄っぺらな服にいっぱい汗をかきながら、池で魚を取ったり米や野菜を作ったりして、ずっと池のそばで暮らしている者らからはオオイケと呼ばれた。どっちも大きな池という意味だが、それぞれの生活に馴染んだ呼び名で呼んどったんじゃな」

「人によって池を呼ぶ名前が違うのか。それじゃあ野良池だね」

「池を飼い慣らそうと考える人たちはいつの時代にも現れた。丁度ここに旗を立てたかつての天下人も野良池の形を変えた一人じゃ。水路を整え、堤防を作り、商いのために池を大いに改造した。人の暮らしに役立つだけなら、野良猫のように姿を眺めて可愛いがって撫でてやればええが、池は酒乱じゃ。大雨や台風の水をたっぷりのむと膨れ上がって、肥えた身体全体が巨大な口となって、周りにあるあらゆるものを呑み込む化け猫になった。大暴れをする池は手がつけられん」

人の手によるものでも自然によるものでも池の形が変化する度に、そこにある有形無形の生活の風景は大きく変わったのだろう。

「野良池は消滅が決まってから巨椋池《おぐらいけ》と呼ばれるようになった。干拓をすることで付いた名じゃ。それからは池がなくなってからもずっと巨椋池と呼ばれとる」

消滅が決定した時に名付けられた名前が後世に残るなんて、名前における近代化と言いたくなってくる。そうぼんやり考えていると、近くの茂みでガサッという音とともに小さな顔が覗いた。

「ニャー」

「この猫も言霊なの？」

祖父は少しだけ考えてから言った。

「いや、こいつはただの猫じゃな」

気まぐれに現れた猫を撫でようと手を伸ばす。もう一度猫のように鳴いた猫は青みがかった灰色の毛をしており、私はその野良を巨椋池と名付けたくなった。しかし、猫はすぐにまた茂みの奥に隠れ、そのままどこかへ行ってしまった。

祖父はこの眺めの良い場所で煙草を取り出し、遠く池のあった方を見ながら煙と共に呟いた。

「池から離れてみたら池以外の話でも出来るかと思って美術館に来てみたが、結局池の話しかせなんだな」


翌日、祖父から自転車を借りて祖父の家の周り、つまりかつて池があったところを散策することにした。自転車を漕ぎ、農地の広さに池の大きさを体感する。早朝から出掛けたはずが、すぐに暑さにやられて朦朧としながら、視界に現れる蜃気楼は水中のようなゆらぎをもつ。昨日まではただ無機質に延々と続いていた風景の正体が、かつて存在していた大きな池の跡だと知るや、その残像が重なるようだった。

畑の脇に大きな白い花が咲いているのを見つけ、それが蓮の花だったので驚いた。暑すぎてとうとう本当の幻覚を見てしまったのかと思ったが、そうではないらしい。居合わせた近くの畑で農作業をしている人が言うには、干拓とは土地に土を入れる埋め立てとは異なり、池の水を近くの川に放水して行われるものだから、池の底はそのまま池の底なのだ。水があろうとなかろうと。池の底はもう稲刈りが出来そうな程に育った田んぼだった。

「この辺は極早生米《ごくわせまい》だよ。昔の台風十三号がこの辺を水浸しにした大被害の名残だね」

生活には土地の教訓が強いと知りつつも、祖父が言うように、ここらに住む人間に池のことをしゃべらせようと、池の亡霊が操っているのではないかと錯覚する。かく言う私もすでに池に取り憑かれているのだろう。祖父から聞いた池のことがもっと知りたくなり、美術館から祖父の家に戻ったあと、予定外に山登りなどして筋肉痛になった足をさすりながら、池のことを少しパソコンで調べてみたのだった。干拓事業は一九三三年から一九四一年まで続くが、巨椋池の干拓計画が本格的に動き始めたのは一九一三年頃である。その頃といえば、近代化で人口が増えつつある時代だ。水質汚染による環境の悪化、度重なる水害に加え、人口増加に備えた食糧増産を目的に、池の跡地を農業に転用する計画も干拓事業の趣旨の一つだった。そしてそこにはもう何十回目かの収穫を待つ稲が実っている。

「早めに稲を収穫したあとはどうするんですか」

「大きな丸大根を植える」

「二毛作ですね」

「この辺の名産品、知らんかね。街じゃ赤いシールを貼って店に並んどる」

冬になったら関東のスーパーでも丸大根は手に入るだろうか。

「神社の裏側に長いコンクリートの共同の洗い場があって、寒くなる頃には周辺の農家らで収穫した丸大根を総出になって洗う。冬の風物詩だ」

「冬だと水、冷たそうですね」

「井戸水だからそうでもない。それより丸大根は重くてだんだん年寄りになると重労働でね。最近じゃネギが増えてきとる」

水中育ちの穴のあいた蓮根、詰まって大きく重い丸大根、ひょいっと軽い青葱。土地や人の変化が作物になって現れる。

縦横無尽に池の跡を自転車で走りながら、そのあともいくつかの蓮の花を確認した。流れ星を見つけた時のように、思わず「あっ」と声が漏れた。

前日の美術館で観たような大きな赤色の花を見付けた場所は、鳥居のそばだった。この付近には近代に建立された神社が二つある。池の神社と空の神社だ。池の消滅に伴いいなくなった動植物を供養するための神社には、池で生活を営む者たちにとって馴染みの呼称が掲げられている。池の神社が建立された一九三六年は、川向こうにある空の平安を祈る私設神社を建てた飛行機設計家の死の年だ。

赤い蓮の花に透明で大きな球が重なる。子供の飛ばすシャボン玉だろうかと見回すと、目に入ってきたのは揺れている蓮の大きな葉だった。茎から伸びたその丸い葉の表面全体を薄い透明の膜が覆い、その膜がだんだんと中心から膨れ上がり、地球儀ぐらいの大きさにまで育つと、フッと葉の表面から離脱し、宙に放たれた球体となって浮かぶ。そしてすぐに蓮の葉の表面を次の泡のはじまりの膜が覆う。膜から球へ。それを繰り返す。あたりにはたくさんの透明な球体が漂っていた。そして蓮の花同様にシャボン玉は大きかった。

小さな正体はひょっこりと蓮の葉の陰から現れた。

「シャボン玉を吹いているのはカワウソだったか」

「これは池の言霊だよ」

「また池の言霊か」

「俺は池の亡霊に雇われて、そいつの言霊を作ってるのさ」

カワウソまで池の話をしている。それだけでは飽き足らず、池自らもしゃべるのか。たいそうおしゃべりな池だ。

「言霊はかつてここに池があった頃の、池の泡を模しているのさ」

「ドーナツの穴みたいだな。池がなくなってしまうとそこに浮かぶ泡も存在しなくなる」

「池の言霊はこの蓮根煙管で作るんだ」

「煙でなく泡を吐き出す煙管ってわけだな」

「蓮は茎から根っこまで穴が通っているでしょ」

カワウソはさも周知の事実のように語るけれど、そんなことは初耳だった。が、よくよく考えてみると、象鼻杯の茎のストローと蓮根はどちらも穴が開いている。

「あの穴、あれは一つに繋がってるのか？」

「そうだよ。この蓮根の端のところから空気を送ってやると、送り込まれた空気は茎を通って葉っぱまで届いて葉っぱを覆う透明の膜を膨らませて泡になるんだよ。実演してやろうか」

カワウソがほっぺたを膨らませて、蓮根煙管の薄黄色い塊、つまり蓮根がついているその端に空気を送り込むと、反対側の葉っぱからまたひとつ、ぷーっと膨らんだ泡が放たれた。

「池は言霊でなんて言っているんだ?」

「そんなの俺にわかる訳ないだろ」

「だけどこれは君が作っている池の言霊だろう」

「タイプライターは人間の言葉を理解しながら文章を綴ってるのか?」

カワウソにも一理ある。

「俺だって言いたいことはいっぱいあんだ。人間は漁業やってたやつが農業に簡単に転身出来て器用なもんだ。池があった頃は俺も魚を獲って暮らしてたさ。漁業、うまかったんだぜ。だけど池の水が全部なくなって魚がどこか行っちまって、ここは畑ばっかりになった。魚を求めて川の方に移り住んだ仲間もいたけれど、川の方は流れが早くて俺には怖くてね。俺だっていっそのこと農業に転身しようとここに残ったんだ。けれどカワウソが農地に近づくとハナから獣害扱いされて追ん出されるんだ。そしたらいつの間にか手にこの蓮根煙管を持っていた。池が寄越してきたんだ」

カワウソの視線の先には神社の裏の横長の建物があった。

「ああお魚が食いたい。お前と話していたらお魚の味が恋しくなってきた」

「琵琶湖で鮒か鯉でも調達してきて、神社にお供えがてら持ってきてやろうか」

「やめときな。人間が雑な弔い方をするからこの神社には鮒や鯉も供養されてんだ。なんせ池がなくなっていなくなった生き物全部の供養だからな」

その時、このカワウソもうこの世の者ではないのだなと、ふと思った。死んだけれど成仏できないカワウソなのだろう。祖父の家に来てから不思議なことがよく起こる。

「そういえば昨日美術館で見た絵の中に魚が泳いでいたけれど」

そう思い出してからある方法を思い付いた。

「明日お前に魚を腹一杯食わせてやれるかもしれないよ」

「なに夢みたいなことを言ってるんだ」

美術館で見たような赤い蓮を発見したと言って、畑帰りの祖父を誘い、神社に戻ってきたのは次の日の夕刻だった。祖父は蓮根の花は昼には閉じるものだと言いながらも、一緒についてきてくれた。カワウソの姿は見えないが、鳥居の辺りにはシャボン玉が漂っている。私は祖父に尋ねた。

「昔池があった頃、この辺ではどうやって魚を獲っていたのさ？」

「漁法は仰山あった。五十ほどあったと言われておる。釣りはもちろんのこと、池は底が浅くて水面が広いからな。池の形に合わせて、モンドリと呼ばれる筒状の竹編みを使った仕掛けや囲い網を使ったりして、鯉や鮒を獲っとった」

「鯉や鮒ってそもそも美味しいものなの？」

「この辺りはイモアライと呼ぶじゃろう」

「ああ難読漢字で絶対に読めない地名だよ。一口（ひとくち）と書いてイモアライと読むんだから」

「イモアライの命名の由来は諸説あるんじゃが、一つにはこんなのもある。

昔京都で東西に分かれた戦争があった頃、その東の大将はたいそう鯉が好物じゃった。その時分はここらはまだもちろん池で、池には大きな鯉がおった。どれくらい大きかったかというと、京都じゃ正月に赤子の頭くらいの大きな頭芋、つまり小芋の親芋じゃな、それを白味噌の雑煮に入れて家長が食う習慣があったが、その頭芋を大鯉のパクついた口を目掛けて放り込んだら、大鯉は頭芋をひと飲みした。それほど大きな鯉だったんじゃが、その頭芋には釣り針が仕掛けてあって、大鯉はあえなく御用、新鮮な刺身は氷で身を引き締められた鯉のアライとなり、東の将軍に献上された。東の将軍は好んで淀川の鯉を食べたが、この池もその淀川につながっとるから鯉の味も美味く、それも縁起物の頭芋を食べた大鯉のアライということで喜ばれ、それにちなんでこの地名はイモアライと名付けられたというんじゃ」

そう祖父が語るや、龍と見まごう大きな鯉が空に姿を現した。想定外に巨大な鯉はゆっくりと下降し、私を頭からひと口で食べようと大きな口を開いた。私は圧倒されて後ずさり、地面に尻餅をついた。鈍重に迫る鯉は構わず私の視界を包み込み、眼前は光を失いながらぼやけていった。光の喪失は不安と恐怖を煽り、ああ、このまま鯉に食べられるのかと思ったそう程なく、勢いの良い茶色のかたまりが通り過ぎた次の瞬間にぱっと視界が晴れた。私を襲おうとしていた大きな鯉は、件のカワウソにしっかりと捕らえられていた。カワウソは自分よりも何倍も大きな鯉を身体いっぱいで満足そうに抱えながら、猫みたいに笑いを残す代わりに、蓮根を一つ、私の手に残して消えていった。

それから祖父の家には一ヶ月程滞在した。父親が退院して実家の状況が落ち着く頃と、新学期始業のために私が東京に戻らなければならない時期はほぼ同じだった。

滞在中、祖父の口数は緩やかに増していった。日々の畑の瑣末な出来事やそれから生前の祖母と行った北海道旅行の話、祖父の好物は筑前煮であることなどが話題になった。

滞在中は母親に代わり私が洗濯や掃除を担当したのだが、東京へ戻る前日、ここでの最後の洗濯物をベランダで干していると祖父がやってきて、隣で煙草を吸いながら、私を見真似て洗濯物を干し始めた。

「池があった頃、バリバリバリという大きな音が鳴るのが聞こえると母親は干していた洗濯物を急いで取り込んだと言っとった。池に降る雨は音から先にやって来た。遠くで降り出した雨が蓮根の大きな葉に当たり反響した音が聞こえ、それから十分程遅れて雨が降り出すんだそうじゃ」

全て干し終わった後、私も祖父から一本煙草をもらい、それに火を付けた。祖父が池の話をするのは、あのカワウソの日以来ではなかったか。暑さの緩んだ青い空の下、広い畑に二本並んで漂う煙は線香みたいだった。イモアライには「忌み祓い」という意味もあるらしい。干し終わった洗濯物に赤い蜻蛉が止まるのを眺めながら、祖父は言った。

「あの時カワウソが鯉を食ってから、わしに池の言霊はパタリと出んくなった」

第二回京都西陣エクストリーム軒先駐車大会

溝渕久美子

「第二回京都西陣エクストリーム軒先駐車大会」溝渕久美子
Mizobuchi Kumiko

京都市の町の中心部は古くから、細い道路の両側にみっちり家が建っています。西陣もそんな地域の一つで、駐車場を作るスペースもなく、1m たらずの狭い軒下に車を停める〈エクストリーム軒先駐車〉を多数見かけます。

本作は自動運転が普及した社会が舞台。祖父母の世代がやっていた軒先駐車をスポーツとして蘇らせた主人公たちは、大会に向けて訓練に励むのですが……。

溝渕久美子さんは日本 SF 作家クラブ会員。2021 年に、近未来の台湾を舞台にした「神の豚」で第 12 回創元 SF 短編賞優秀賞を受賞。「神の豚」は大森望編『ベスト SF2022』（竹書房）に再録されました。一緒に暮らしているグラウンドホグのぬいぐるみ、ほぐさんを描いた「ほぐさんとわたし」を Kaguya Planet に寄稿。近作は『NOVA 2023 年夏号』（河出書房新社）に寄稿している「プレーリードッグタウンの奇跡」。

黒いジャガーがタイヤを軋ませ、ドリフトでリアを町家の軒先に滑りこませる。車体が壁から髪の毛一本残した位置で止まる。

観客がどよめいた次の瞬間、審判が白い旗を上げた。

ジャガーから一人の男が降りてきて、険しい顔で壁と車体を交互に指さしながら、車は壁に触れていないと訴える。審判は動じることなくタブレット端末の画面を男に見せて、壁に埋めこまれたセンサーが作動したことを伝える。男は激しく審判を罵る。

わたしは自分の国産車の運転席から、そのやりとりを眺めていた。やがて抗議を諦めた男は、悔しそうにこちらを睨みつけた。何かを託すような表情に見えなくもない。わたしは開けてあった窓から顔を出した。

「次はわたしの番や。早よクルマどけて。邪魔や！」

すべては「頭からか尻からか」という、鯛焼きの食べ方のような話から始まった。

二年前の地蔵盆のための寄合でのことだ。

「じゃあ、俺が子供用のおもちゃを買いに行って、お供えのお膳は秋山のばあちゃんに頼んで、福引の景品は米屋と酒屋のおっちゃんらに出してもろて、お寺さんにはツヨシに行ってもらう」

町内会長の言葉に、近所の小さな古い喫茶店に集まった連中が当番表に名前を書きこんでいく。

「じゃあ、そういうことで。みなさん、準備たのみます」

町内会長が軽く頭を下げると同時に、世間話が始まった。たいていは子供の話か、親や自分の体調や健康が話題の中心だ。中年以上の年齢の人間が集まるとこんなものだ。

そろそろ引き上げようかという頃になって、お寺でお地蔵さんを借りる係になったツヨシがおずおずと手を挙げて口を開いた。

「ちょっとええか？　みんなに聞きたいことがあんねん」

町内会のメンバーが彼に一斉に注目した。

「昨日、宝ヶ池の老人ホームにおる爺ちゃんに娘と会いに行っててんけど――」

百歳に手が届こうかという老人は目の前にいる中年男や幼女が誰なのか曖昧な状態なのに、面会室のモニタで車のＣＭが流れ始めた拍子に、かつて存在した駐車技術について滔々と語り始めたという。

「エクストリーム軒先駐車――」

町内会長が息を呑んだ。

京都の町の中心部は、碁盤の目状に張り巡らされた細い道路の両側に、ぎっちりと住宅が建ち並んでいる。各戸に駐車場なんてないから、幅一メートル強の軒下に車を停めなければならない。車が壁をこすらないように、数ミリ、数ミクロンの隙間を開けて駐車する。

「みんな憶えてるか？」

わたしは首を横に振った。

「うちは小学生の頃にはもう自動運転車やったから、かすかに記憶にあるくらいやな」

同席していた他の人間もだいたい同年代だから、似たような反応だった。ただ、わたしたちより少し年長の町内会長や副会長は「憶えてるで」と答えた。

「俺は高校生やったさかい」

二十年ほど前、自動運転車が普及したことでこの駐車技術も無用の長物と化した。自動車に搭載されたＡＩは、自分の位置を正確に把握して、壊れ物を扱うかのようにそっと車を壁に寄せる。軒先駐車を苦手とする人たちはあっさりと受け入れたが、そうではない人々もいた。

「ツヨシのじいちゃん、運転巧かったもんな」

副会長のフクダさんが言った。

ツヨシの祖父は、若い頃は新しもの好きな腕の良い板前で、はるか昔に自動車が一般家庭に普及し始めた頃に、稼ぎをつぎこんでいち早く自家用車を手に入れた。

「うちの死んだばあさんと、自動運転車なんかあかん、あんなもんに頼ってたら、ここらがどんな町なんか忘れてまうって話してはるのを聞いたことあるわ」

「軒先駐車とここらがどんな町なのかって、何の関係があるんや？」

わたしが訊ねると、フクダさんが首を横に振った。

「さあな。で、なんで軒先駐車の話なんや？」

フクダさんが話を向けると、ツヨシは「ここからが本題や」と答えた。

「じいちゃんが一人で車の停め方を話してるうちに、あれは車の頭からいくもんやって言い出して、尻からやって言う他の入居者と喧嘩になってもうてん」

「あんなん、頭からやろ」

ツヨシが「みんなはどう思う？」と聞くより前に、反射的に町内会長が声を上げた。

「頭からはめてかんと、きっちり収まらんのとちゃうか。不細工な停め方になる」

それに対してフクダさんは、大きくため息をついた。

「わかってへんな。尻からや。あえて難しいほうに挑戦するのがええんやないかい。それに、実は尻からのほうが収まりがええんや」

右の手のひらで車が軒先の駐車スペースに入っていく様を再現しながら、フクダさんはみんなににやりと笑ってみせた。

「うちの親は頭からやったような気がするな」

わたしがこぼすと、町内会長が「やろ、やろ！」と勝ち誇ったように笑った。それをきっかけに、店内から「頭」、「尻」と次々に声が上がった。頭派がやや優勢だった。分が悪くなったフクダさんが、「おい、マスター！　マスターはどうや？」とカウンターの奥でグラスを磨いていたマスターに話を向けた。

「僕なあ、クルマ乗らんからわからんわ。原付一筋五十年や」

ヤギのような風貌のマスターの答えに、町内会長がほくそ笑む。フクダさんがおもむろにビロード張りのソファから腰を上げた。

「数ちゃうねん。どっちがより駐車技術として優れてるかや」

その技術を実際に使ったことがないわたしたちも、宝ヶ池の老人たちのように喧々諤々の議論を繰り広げた。

「実際にどっちがええんか、勝負したらはっきりするんとちゃうか？」

「ええで、やったろやないか」

こうして町内の住人たちは〈頭派〉と〈尻派〉に分かれてそれぞれの駐車技術を競うことになった。


地蔵盆の寄合の翌週、わたしたちはまた喫茶店に集合した。

「あんたら、またけったいなこと始めはったなぁ」

マスターがいつものののんびりした口調でアイスコーヒーを運んで来て、テーブルに並べていく。

「けったいなことちゃうわ。メンツがかかっとんねん」

フクダさんが強い口調で答えると、その気迫にマスターが「おお怖ぁ」と歌うようにつぶやきながらカウンターの奥に退散した。

そこへ店の入り口のドアが開いて、うちの町内会長とともに西隣の町内会の会長が店に入ってきた。

「せっかくやから、近くのなんぼかの町内会に声かけてみたわ。うちだけやとやる言うヤツ五人しかおらんし」

そのうちに北隣と東隣の町内会長も姿を見せた。

「もう一人来るはずやけどな……」

うちの町内会長が携帯端末で時間を確認する。すでに集合時間を十五分ほど過ぎていた。

「もう始めよや。やってるうちに来るやろ」

そうわたしが言ったとき、店のドアにかけてあるベルが鳴った。大昔のホラー映画のプリントが入ったTシャツを着た男が入ってくる。

「すんません、すんません、遅れてもうた」

男はかけていたサングラスをカチューシャのように額の上方へ持ち上げた。

「うわ」

わたしは思わず小さく声を上げた。あまり顔を合わせたくない人物だった。

彼は喫茶店に集った面々を見まわし、わたしに目を止めると、「おっ、おまえもおるんか」と、どことなく馬鹿にした調子で笑った。こいつは子供の頃からこんな調子だ。

彼は綿谷朗。古くから続く織物工場の跡取り息子で、隣の町内に住むわたしの小学校の同級生だ。わたしの先祖が第二次世界大戦後に西陣に越してきたことや、祖父や父が綿谷の工場の職工だったことを理由に、子供の頃からわたしを見下していた。

「それはこっちのセリフや」

わたしはアイスコーヒーを啜った。

「いや、クルマの話っちゅうたら俺やろ。しかも、自分で停めるんや。俺が出んで誰が出んねん」

綿谷は開いているソファに深々と腰を下ろし、「マスター、俺もアイスコーヒーちょうだい」と、カウンターに向かって甘えた声をあげた。

彼は子供の頃から車が好きで、自動車の免許が取れる年になると自動運転車の資格も含まれた手動運転車《マニュアル》の免許を取得した。ここのところは、今では珍しくなった自動運転機能が搭載されていない黒いジャガーを乗り回している。

「さすが〈西陣の黒豹〉やな」

うちの町内会長の言葉に、綿谷は得意げに微笑んだ。愛車が黒いジャガーだから〈西陣の黒豹〉。

「で、エクストリーム軒先駐車をどうやって競技化するんや？」

わたしは綿谷の話を早く終わらせたくて、自分から訊ねた。

「そうそう、その話や。全員揃ったことやし始めよか」

うちの町内会長がタブレット端末を全員に見えるように手に持った。画面に〈第一回京都西陣エクストリーム軒先駐車大会〉というタイトルが浮かび上がる。町内会長の説明をかいつまんで言うと、だいたいこんなかんじだった。

大会の開催は翌年六月の下旬。会場は現在空き家になっている元うどん屋の軒先。公平性を考慮して、現在出場者になっている人間およびこれからなりそうな人間の家は使わない。うどん屋の軒先の壁にシート状のセンサーを取り付け、接触したかどうかの判定はAIで行う。車の切り返しは三度まで。出場資格を持つのは、手動運転の免許所有者。〈頭

者とする。

派〉と〈尻派〉に分かれて団体戦を行った上で、壁に寄せた距離が最も短かった者を優勝
「もうちょっと声かけて出場者集めるわ」

町内会長がタブレットのプレゼンアプリを閉じた。

「で、ここにおる奴らは〈頭〉なんか、〈尻〉なんか?」

その場にいた面々が口々に〈頭〉、〈尻〉と名乗りを上げる。この日新たに加わった北隣の町内会長は〈尻〉、東隣の町内会長は〈頭〉——。

「朗、おまえはどっちやねん」

フクダさんがアイスコーヒーを飲んでいた綿谷に訊いた。

「そんなん決まってるやろ」

彼は自信たっぷりに笑って答えた。

「俺は〈尻〉や」

ひと月後の土曜日の朝、わたしとツヨシは宝ヶ池の老人保養施設に向かった。

西陣から宝ヶ池までは自動車で向かった。大会の開催が決まってから、少しでも運転に

慣れるため、自動運転のシステムを解除していた。

　大会の開催が決まってから、わたしやツヨシが属する〈頭派〉は、会社勤めの暇をぬっては自宅やうどん屋の軒先で駐車の練習を始めた。しかし、見事に鼻先を壁にぶつけたりわき腹をこすったりして──いちおう軒先の駐車スペースの壁に保護シートを貼り付けておいたけれど──上手く停められなかった。わたしたちは免許を取ってからずっと軒先駐車をＡＩに頼りきりだったから、どうやればいいのかまったく見当がつかなかった。この前の集会での綿谷の態度が気がかりだった。コツがあるのは間違いない。そこで、ツヨシの祖父に教えを請おうということになったのだ。

　宝ヶ池の保養施設では、基本的に親戚しか利用者と面会できないため、わたしはツヨシの従妹ということにして、彼とともに面会室へ向かった。

「じいちゃんにしてみたら、おまえも遠ぉい身内みたいなもんやさかい」

　わたしの曽祖父は高度経済成長期に、知人の伝手を頼って綿谷の工場で働くために、妻や娘とともに福井から西陣に流れついた。生活の基盤を作るときに世話になったのが同じ町内のツヨシの祖父だ。まだ二十歳になるかどうかという年頃だというのに、町内のしきたりを事細かく教えてくれたり、食うに困ることもあった曾祖父一家のために店の残り物を分けてくれたりしたそうだ。

「あんた、もしかしてあの嬢ちゃんか。立派な娘さんになって、なあ」

面会室でわたしが姓を名乗るなり、ツヨシの祖父は相好を崩した。もちろん〈嬢ちゃん〉とはわたしの祖母のことだ。

「おっちゃんやおばちゃんは元気にしてはるか？」

曾祖父も曾祖母もとうにこの世を去っていた。それでもわたしはこう答えた。

「元気です。お父ちゃんもお母ちゃんも、久しぶりにお兄さんに会いたいって言うてます」

「お兄さんって、何やねんな。そらあんたと一回りくらいしか違わんけどな、もうええおっさんやで」

ツヨシの祖父は声を上げて笑った。

「それで、今日はどしたんや？　何ぞあって来たんやろ？」

「ちょっとな、じいちゃんに教えてもらいたいことがあって」

「あんたは誰や？」

眼鏡をかけなおして向かいに座っていたツヨシの顔を覗きこむ。

「ツヨシや。孫の」

「孫？　ワシ、孫おるような歳とちゃうで」

「ああ、もう。息子や。息子のタカシ」

「なんや、タカシかいな」

　そう言いながらポケットから取り出したティッシュの袋から一枚抜いて、部屋中に響き渡るほどの大きな音を立てて三度鼻をかんだ。

「俺、最近クルマ買うて、家の前に停めたいねん。でも、ぎりぎりに停めるの難しゅうて、じい――お父ちゃんに教えてもらおうと思て。頭からこう停めるにはどうしたらええんやろか」

　ツヨシは車に見立てた右の手のひらを顔の前に掲げてすっと横に動かした。その時、にこやかだったツヨシの祖父の顔つきが精悍なものに変わった。

「そうか、おまえも車を停められるようにならなあかん歳になったか」

　祖父はそう言って、重々しく一度息を吐いた。

「みんな勘違いしとるが、難しいことは何もない。基本はしっかりと〈見る〉ことや」

「〈見る〉って〈心の目〉とか、そういうことか？　なんや武芸みたいやな」

「アホか。〈心の目〉って何や。そんなもんで運転できるか。おどれのその目ぇで見るんや。自分らが暮らす町をしっかりとな」

ツヨシの祖父は脂がぬけきり、シミだらけになった右手をチョキの形にして、人差し指と中指を自分の目に向けた。

「あの町のことを体で理解するんや。それしかない。ええな」

面会時間の終了を知らせに、施設の職員が面会室に顔をのぞかせた。

「じゃあな、じい——お父ちゃん。また来るわ。おおきにな」

「おおきに、お兄さん」

わたしたちが面会室を出ようとしたとき、背後から「見ろ、考えるな」というしゃがれた声が聞こえた。振り返ると、椅子から立ち上がったツヨシの祖父が、鋭い目つきでじっとこちらを見据えていた。そして、その言葉を再び口にした。

「見ろ、考えるな」

宝ヶ池からの帰りの車の中で、ツヨシは「見ろ、考えるな」と何度も呟いていた。

「どういうことやろか?」

わたしは、地蔵盆の寄り合いのときにフクダさんが話していた、彼の祖母とツヨシの祖父との会話を思い出していた。

——自動運転車なんかあかん、あんなもんに頼ってたら、ここらがどんな町なんか忘れてまう。

なんとなく関係が見えそうな気もしたが、ぴんとこなかった。

「練習してるうちにわかるんとちゃう？」

わたしは車に乗る前に買ったペットボトルの緑茶を口に含んだ。

大会の開催の直前になっても、わたしはどうしても五センチの隙間を埋めることができなかった。一方、ツヨシは一センチほどまで近づけることができるまでに上達した。

「なんかコツつかんだ？」

「うーん、ようわからん。じいちゃんが言うたことも、正直まだ理解できてないねん。せやけど、これだけ寄せられたら、俺が優勝ちゃうか？」

それまでわたしたちはプレッシャーになるからと、他の参加者の様子は見に行かないと決めていたのだけれど、自分の優勝を確信したツヨシが偵察に行こうと言い出した。

町内会長やフクダさんはわたしより寄せられるものの、ツヨシには至らないというかんじだった。他の参加者も似たようなものだった。手動運転ではそれ自体すごい記録には違いないけれど、かつての――ツヨシの祖父のような超絶技巧を再現するには至らなかった。

「〈西陣の黒豹〉はどないやろか」

わたしはなんとなく気が進まなかったけれど、ツヨシについて綿谷の家に向かった。

「なんやこれ……」

予想通り、綿谷の家の前に停められた黒いジャガーを見て、ツヨシはがっくりと肩を落とした。黒いジャガーは昔ながらのたたずまいの家の軒先の壁にそって、尻からぴたりと駐車されていた。一見壁に触れているようだけれど、確かに髪の毛一本ほどの隙間が空いている。自動運転システムを用いればこれくらいは可能だ。しかし、綿谷は手動運転しかしないはずだ。

「これ、どうやったんや」

ツヨシは顔をすりつけるようにして車体と壁の隙間とすら呼べないような空間を覗きこんだ。その時、綿谷の家の木製の引き戸が開く重い音が響いた。

「おまえら、何してんねん。不審者にしか見えへんぞ」

振り向くと、きっちりスーツを着こんだ綿谷があきれた表情でこちらを見つめていた。

「これ、どうやったんや」

ツヨシが出し抜けに訊ねると、綿谷はいつもの自信たっぷりの笑みを浮かべた。

「どうもこうも、普通に停めただけやがな」

「普通に停めてこうなるか！」

「じゃあ、見せたるわ。これからお偉いさんと食事会やけど、ちょっと時間があるさかい」

綿谷はわたしたちを車の前から退かせ、自分は運転席に乗りこんだ。エンジンをかけて車を軒先から出す。そのまま前方に車を少し走らせたかと思うと、バックで戻ってくる。これから駐車しようとは思えないほどのスピードがある、と思った瞬間、アクセルを踏む音が消える。車はそれまでの勢いを利用して軒先に滑りこんでくる。綿谷はハンドルをさばく。

「危ない！」

隣にいたツヨシが悲鳴にも似た声を上げた。壁に激突するかと思われた車は――先ほどと寸分違わぬ位置でぴたりと止まった。

「どうや」

運転席の窓が降り、綿谷が顔をのぞかせる。わたしもツヨシも目の前で起こったことが信じられず、言葉を失っていた。

「おまえら、エクストリーム軒先駐車が何なのか、考えたこともないやろ。これは、西陣――この町そのものなんや。それがわからん奴には絶対にできん。俺は子供の頃からこの町をしっかり見てきた。おまえらとは――特におまえみたいなよそ者とは違うんや」

呆然と立ち尽くすわたしに向かって言い放つと、綿谷は窓を閉めて再びジャガーを発進させ、今度はそのまま狭い通りを走り抜けていった。


大会の間際になっても、わたしにはエクストリーム軒先駐車が何なのかさっぱりわからなかった。「西陣そのもの」「自動運転車に頼っていてはこの町がどんな町か忘れてしまう」「見ろ、考えるな」――すべてにつながりがあるはずなのに。

当然、駐車そのものも上達せず、大会出場へのモチベーションも落ちてしまい、普段の運転システムも自動運転に戻した。家の軒先に車を停めるときだって、ハンドルに一度も触れなくても、目を閉じて考え事をしていてもぴたりと正確に数ミクロンの隙間を開けて壁に触れることなく車を運んでくれる。まるで綿谷が駐車したときのように。

――こんな便利なもんがあるのに、なんでわざわざ自分で停めなあかんねん。だいたい、〈頭〉とか〈尻〉とかなんやねん。

車に乗って外出した帰り、車のエンジンを切るたびにそんな思いにとらわれるようになった。何より、綿谷からの〈よそ者〉という言葉が効いていた。

出場すると言った手前、出るのをやめるとも言えない。綿谷が友人である地元新聞の記者を呼んで大会のことを取材させたおかげで、当初考えていたよりもおおごとになりそうだった。

その日も、郊外のショッピングモールまで買い物に行った帰り、わたしはＡＩの働きによって壁ぎりぎりに停められた車から重々しい気持ちで降りた。

「だいぶ上手に停められるようになったなあ」

わたしに声をかけたのは、隣家の秋山さんだった。子供たちがみんな独り立ちして、旦那さんも数年前に亡くなって、一人暮らしをしていた。近所のスーパーに行った帰りらしく、徒歩を補助する器具に花柄の買い物袋をひっかけてあった。

「自分でやったんとちゃいますよ。自動運転です」

わたしはドアを閉めながら答えた。

「練習せんでええんか？　もうすぐ大会やろ」

「なんか上手いこといかへんから、もうええかなって」

するると、秋山さんの表情がどことなく寂し気なものに変わった。

「若い人がこの町のことを考えてくれはるようになったんやって、ちょっとうれしかったんやけどな」

また〈この町〉だ。わたしは少々うんざりして、ぞんざいな口調で訊いた。

「車を軒先に停めるのと〈この町〉とどんな関係が？」

秋山さんは何を当たり前のことをと言わんばかりに、軽く目を見開いて答えた。

「ちゃんと周りを見んと車停められんやないの。車入れるときに、目印見つけるんや。そこ見てたら、上手い事はめられるとこを。それを体に染みつけるねん。車停めるときの基本や。まさか、そんなことも知らんでやっととったんかいな。そらできへんわ」

宝ヶ池でわたしたちを見送っていたツヨシの祖父の姿が蘇る。

――見ろ、考えるな。

思わず小さな声を上げた。そんなわたしを見て、秋山さんは大きなため息をついた。

「この車の停め方は、わたしらがこの町といっしょに生きてきた証しや。あんたにはそれがわかっとらん」

「どういうことですか？」

「この町はな、〈自動車〉っちゅうもんができるずっとずっと昔からこんな形や。自動車を買うてもな、町は自動車に乗りやすいように変わってくれるわけでもあらへんし、うちらにそれを変えることもできへん。ならどうしたらええ？」

「こっちが町に合わせる――エクストリーム軒先駐車か！」

　わたしが叫ぶと、秋山さんは「そうや」と微笑んだ。

　ツヨシの祖父の言葉の意味を理解してから、わたしはツヨシとともに軒先駐車の特訓に励んだ。秋山さんの言った通り、自分にしっくりくる〈目印〉を見つければ、それほど難しいものではないということもすぐにわかった。綿谷のように華麗に、とはいかないが、最終的にツヨシと同じ壁から一センチほどまで寄せられるようになった。

　それだけではない。わたしは以前よりもこの西陣の町に注意を払うようになった。それまで気づかなかった、どこかの猫の行き来や、ちょっとした落書き、窓枠の修繕のあと――この町の人々の生活とその歴史がはっきり見えるようになった。

「見てみ、今年もツバメが生まれとるわ」

「ほんまや」

朝、出勤前に秋山さんと顔を合わせたときにはそんな言葉を交わした。すっかり腰が曲がった秋山さんの指さした向かいの家の軒先には小さなツバメの巣があった。その縁から身を乗り出すようにして、数羽の雛が大きく口を開けて親鳥を待ちわびている姿が見えた。わたしは愚かにもそんなことを気に留めることすらなかった。悔しいけれど、綿谷の言う通りだった。わたしは何もわかっていなかったのだ。

「かわいらしなあ。毎年来てくれてありがたいなあ」

秋山さんと顔を見合わせて笑った。わたしはようやくこの町の一部になれたのかもしれない。そんなことを思った。

第一回の大会当日。参加者が自主的に雑踏の整理をする必要があるほど見物客が集まった。

結論を言えば、わたしは惨敗だった。最後の微調整で壁に軽く触れてしまい、あえなく失格となってしまった。悔しかったけれど、達成感は大きかった。

参加者全体を見ても、この大会が成功したとは言い難い成績だった。全参加者十三名のうち、失格はわたしも含めて八名。ツヨシやうちの町内会長は失格にはならなかったけれど、本番で慎重になりすぎたせいか練習よりも寄せることができなかった。

優勝したのは綿谷だった。偵察の時にわたしやツヨシに見せたのと同じテクニックで、精密機械のように壁に寄せて軽々とダントツの一位をさらっていった。したがって、団体戦の勝ちは〈尻派〉で決まった。

「ああ、悔しいわあ！」

隣の町内にある居酒屋で行われた打ち上げのとき、したたかに酔ったツヨシが声を張り上げた。

「悔しいけどな、俺はやってよかったって思てるで。俺らはこの町で生きてる、その実感がわいた。こんなん初めてや」

フクダさんは少し泣いていた。うちの町内会長もその様子を見て鼻をすすった。

「みんなもうちょっと頑張ってくれんと、俺つまらんわ」

足を組んでハイボールを飲みながら携帯端末をいじっていた綿谷がにやりと笑った。

「おまえはもうちょっと手加減せえ！」

目を真っ赤にしたフクダさんが綿谷に言った。ちょうど端末に電話が入り、綿谷は「はいはい」と返事をしながら店を出ていった。

エクストリーム軒先駐車の感想戦を繰り広げているみんなの様子を見ていると、わたしも目頭が熱くなった。少し酔っていたのかもしれない。自然とこんな提案が口からこぼれた。

「わたし、またやってもええで」

すると店の中が急に静まりかえり、ややあって皆が歓声を上げた。

「ええな、またやろ！　来年はもっと大きい規模でな」

この京都で〈伝統〉と呼ばれ、皆がありがたがっているものだって、どこかの時代で誰かが生み出して、自分たちのために継承してきた。エクストリーム軒先駐車大会もそうやって続けていけばいい。

再び皆が大会の開催に向けて鬨の声を上げたときだった。

「たいへんや！」

綿谷が携帯端末を片手に青ざめた顔で店にかけこんできた。そして、これまでに見たこともないような悲壮な表情でわたしたちに告げた。

「この町が――西陣がなくなってまう」

＊

黒いジャガーが軒先から去ってしばらくすると、審判が右手を上げた。わたしは軽く息を吸って、車のエンジンをかけた。フロントガラスの向こうには、見物人と——馴染み深い西陣の風景が見える。

でも、この町のこの風景も今年いっぱいで永遠に失われてしまう。京都市長が〈昔〉の風情が残るこの西陣の半分ほどの区画を観光特区にする都市改造五箇年計画を発表した。古い町家は改装ののち、ホテルや土産物屋、西陣伝統工芸資料館に生まれ変わる予定だ。わたしたちの多くは、今年中にこの西陣を離れなければならない。

先に観光特区化していた祇園を見れば、この町のことを知りもしない人間たちが映画のセットのような街並みに作り替えてしまうことは明らかだった。そんなもの、誰のための町なのだろう？

京都西陣エクストリーム軒先駐車大会も今回限りということになった。参加者は皆、歴史に名を刻もうと、よりテクニックを磨き上げて大会に臨んだ。わたしもその一人だ。〈頭〉だとか〈尻〉だとか、もうそんなことはどうだっていい。一ミリの、一ミクロンの隙間が、この町の真実であり宇宙なのだ。わたしたちを踏みにじろうとしている人間にそのことを伝えるために、今わたしはハンドルを取っている。

目視で自分の車の位置と壁との間合いをはかる。切り返しは三回まで。最初にどれだけ寄せられるかが鍵だ――。

もう一度呼吸を整え、わたしはゆっくりとアクセルを踏みこんだ。

立看《タテカン》の儀

麦原遼

「立看の儀」麦原遼
Mugihara Haruka

〈立看〉という学生の文化をご存知でしょうか。学生が自らの主張を書いたりサークルの宣伝をしたりするために作る、ベニヤ板で作られた立看板のことです。京都大学ではこの立看が盛んで、数年前までは大学の沿道や敷地内に様々な立看が並んでいました。本作はタイトルの通り、立看を出す儀式のお話。舞台は遠い未来。現代では学生の日常に根付いている立看ですが、遠い未来ではどんな行事となっているのでしょうか。

麦原遼さんは2018年に「逆数宇宙」で第2回ゲンロンSF新人賞優秀賞を受賞。Toshiya Kameiが英訳した*Boy or Girl?*（原題「GかBか」『Sci-Fire 2018』収録）がShoreline of Infinity誌に掲載されました。短編を多数執筆しておりKaguya Planetに寄稿した「それはいきなり繋がった」が、伴名練 編『新しい世界を生きるための14のSF』（早川書房）に再録。圧倒的な強度と繊細さを併せ持つSF作家です。

数分前にやってきたお客をひとり受付におき、私は暖簾をめくってバックヤードに入る。

「先輩。明日までの納品なのですが、大丈夫ですか？」

こう私が音にして尋ねれば、小さめの木製金属製粘土製その他製試作物の雑居する空間で、机まわりに作字関係資料を広げていた先輩が、その顔をこちらに向ける。

私は、ベニヤ板一枚サイズの立看《タテカン》製作依頼が生じたことを伝える。依頼者は二日前、この地に観光に来ると、だんだんとやりたくなり、行事前日つまり今日の午後になって、この製作所の門をくぐったという。

「材料はありあわせのものでいいか、お訊きして」

と先輩がいい、私は受付に戻る。先輩がお客に直接伝えてもいいのだが、そうしないことに、作業を分担させてもらうという文化的様式を今具体的に実現しているのだという喜びを覚える。

お客に話せば、無理をかけますね、と頭を下げられ、その背を覆っていた布の動きのきれいさに私は惹かれる。お客の頭の高さが戻ってから、さらに私は尋ねる。

「できあがり、うちが直接配置に行きますか？　それとも取りに来られます？」

「引き取りに来ますよ。車の市中観光用通行枠予約してますし。時間帯は？」

「明日の午前に頼みます。午後はうちも設営に出ますんで」

そして希望文字列や、字体を含めたデザインについての打ち合わせに移る。一件落着だ。

年に一度。冬が盆地の底に注いでくるころ、京都大学跡地を中心として開催される、立《タテ》看《カン》の儀。私が昨年勤めはじめた小さな製作所は、そこに四日間供えるための立看製作も請け負っている。先輩が主導し、私は補佐だ。

早いものでは、前の立看の儀が終わってから二ヶ月もせずに仮注文が入る。立看の儀の運営に関わる保存会が、次回の立看の規則および主要な配置場所における割り振りの一部を決めるのだけれど、ここでいち早く場所を割り当てられた有力者たちが、後で近くに割り振られるものの参考になるようにと、先んじて絵面を考えるのだ。

儀式の年の六十干支や配置された方位を踏まえての色使い、図柄、そして調達したい素材の選定。これらを保存会とも相談して、仮の図案作成、仮の注文となる。おおむね、規模としては、幅三尺高さ六尺でなるベニヤ板を横に四枚以上並べたものを中心とし、周囲に蛇腹状に数枚配して立体感を出す形である。縦向き横向きを組み合わせてもいいが、伝統的に、高さは九尺まで――ベニヤ板の長辺換算で一つ半分までと決まっている。長辺一つ分、つまり短辺二つ分までならなおよいとのことだ。高すぎるものは権力の集中を表すためによろしくない、という意味があるらしい。もっとも、私が勤める前の一時期においては、古《いにしえ》にこそより高い立看があったという主張が強まり、激論が戦わされ、諸々の製作依頼も延び延びになったという。

さて、このような早い時期に注文した大口の顧客は、すでに看板を引き取っている。かれらは行事の当日、囃子方とともにこれを運んで通りを練り歩くのだ。

私たちも当日看板を運ぶが、その多くは居住していないヒトビト――通い町衆や、仮想市民ら――からの注文によるものだ。設置代行も担当するので、地味に門に入って粛々と置いてまわる予定だ。

「ところで」と先輩が口にする。「今の注文だけど、設置の許可を取ったものなのか、保存会に確認した？」

「忘れてました」

焦った私はすぐ保存会につなぎ、今の客の情報や看板の予定位置などの情報を与えて、答えを待つ。

結果は大丈夫。申請承認済とのこと。それを報告すると、「まだ気が抜けないね」と先輩は応じ、

「そうだ。この注文の図案、作ってみる？」

勤務二年目で初めてこういわれた私がよほどうれしくなったのをわかったのか、先輩は笑みを広げ、それから背を向けた。


受付営業終了後、私は机の前で図案を作る。

注文の立看は工学部建物群の跡地付近に置くらしいので、背景に工学繋ぎの文様を広げてみることにしよう。周囲の立看の発表済みの色合いを考慮し、それらにも似合うような黄色を地に、線を赤で描く。次いで方角の目安ともなる四神像を四点に配し、中央には、お客が希望した、自由への愛をうたう言葉を、角張った太いゲバ文字で描く。

全体としては簡素で手堅い伝統的な図案だ。観光のお客ということで、もっとハズしてもよさそうにも思えるが、そうなると、滑り込みの参加者とその注文を通したものという存在を保存会がどう見るかが、怪しくなる。

ともあれ、先輩に見てもらうと、よしが出た。

倉庫で木材を取り、作業場へ行く。

注文は細身の一枚看なので、板にそのまま描いてもいいが、垂木を板に固定してからにする。私たちがこの行事で使うベニヤは、一枚板であれ合板であれ、厳選された産地のものであり、角材たる垂木もこれに同じ。木目、香り、描きやすさ、すべてに質が求められる。かつてある時期には、そうやって調達した木材をあえて汚し、ざらざらにするといった方向性が流行ったが、それは木材への不敬だという非難も強く、流行はすぐ下火になった。

私は釘を使って垂木をつける。板の上に図案を拡大投影する。もうそのまま描いてもいいが、伝統的製法に則り、軽くあたりをとる。このベニヤは前年の再利用物ではなく初塗りだ。凹凸の補正にあまり気を遣わなくてもよさそうだ。絵具で柄を描いていく。

材木や絵具は高品質であっても、看板の印象そのものがそつなく華美に洗練されたものとなってはならない。職業技能提供型の教育が浸透した大学構内に、爽やかで隙なく洗練された企業広告系の華美豪華高画素的な立看板がたくさん展示される前の精神をリスペクトするのが、立看の儀であるというのだから。発光素材、動画埋込、自動組換設計なども、当時は素朴さから離れていたため、あまり使わないほうがよいとされている。

伝統にあたたかく見守られかつ手造り的な活力に満ちていなくてはならないのだ。

そして私たちは、そういう様式の守り手なのだ。

私は、線の揺れの制御に気をつけて文字を描き、仕上げに、黄色の絵の具に戻り、ペンキの付着を摸した部分を加える。

うん、よくできたかな。

そう思ったころには、すっかり時間が経っていた。

私は板を起こし——足は現場でつけるつもりだ——出番待ちの立看らの端に収納する。

倉庫から戻ると、先輩が机に突っ伏している。建物の二階に先輩の寝る部屋がある。時間帯を考慮すると、ここはもう先輩がいるのに適した場所ではない。私が終業の音楽を流すと、先輩の上半身が起き上がり、全身が慌てたように動いて荷物をまとめ、横を向いた口が「じゃあ明日」といった。

私はここに待機する。

翌日。

立看の儀の日は、午後二時になると交通事情が変わる。鴨川以東白川通以西にかけての今出川通と、東一条通、近衛通といった東西方向の通り、またこれらと交わる東大路通の百万遍交差点から東山近衛交差点に至るまでの間に、車両通行の自粛が要請されるのだ。私たちは関係者なので通行できるが、その前に出発することにした。

昨日のお客は朝早く来ると看板を無事引き取り、車に乗せて去っていった。どうも空中性能のほうが売りの車種らしく「空中通行の規制がかなりきついのが難点ですね。まあゆるかったらみんな空から鑑賞したがるか」と、いっていた。

「真冬から真夏までなら、洛中でもたいていどうにかなります。年末年始と桜のころは無理ですけど」

「なるほど。しかしますます気に入りました。もうちょっと力があったら仮想市民になって祭事運営に関わりたいところですが。観光するのがせいいっぱいです」

私は幅狭のトラックに乗り、その前を先輩が、リヤカーを取りつけたバイクで走る。リヤカーには、寝た状態で積まれた小規模な立看の奥で、立った状態でのそれがひとつ固定されている。立たせて走るのは、私たちの店の宣伝でもあるらしい。

かつて、つまりは私たちによる保存と復元の対象の時代、尊敬と隔意の対象の時代、看板を大学に設置する学生が構外から板を運んでくる際には、車の通りが少ない夜間に行動することもあったようだと、先輩から聞いた。たとえば受け継いだリヤカーなどに乗せて道を走ったのだとか。今こうやって白昼堂々と走るのは、地域の祭りとして現れたからこそなのかもしれない。

看板に描かれた絵が、風に揺れる。赤い桜を背景にした人物画。いっとき炎上画と呼ばれたものらを元に抽出して得られたという画風。

小さな道を走り、今出川通に入って、東へ。鴨川の河原が南北に広がり、各組一定に近い間隔を開けて座るヒトビトが見える。この並び方も、いにしえの風習を守るためのものだ。北側から突き出た鴨川デルタにはテントが並んでいる。川を越えると、右方南側、川端通の、並木で川原と分けられたところに待機している山車が見えた。

使われる山車は、底部から途中までは、多くの祭りで用いられるような山が二段重ねの型に似ているのだが、屋根を有する下段に対して、上段には屋根も柱もない。これは教育の開放性と無限性を示すためだという。今日、高欄と架木で囲まれた上段の台の中央には、エヴァ文字といわれる緩急ある文字の配置で標語の描かれた立看が立っていた。私たちが納品したものだ。標語の下には仏画。その立看を白衣の童子像が守るように囲む。

「こんな感じに発展しているなんてね」

先輩の音声が、車両の運転監督席にいる私に入る。何が、と思っていると、「立看の儀」と続く。

「ああ」と私は先輩の欠伸にも似ているような音で返しつつ、違和感から疑問に処理を歩ませる。まるで、昔のものが当代にやってきたかのようではないか。ほぼ有機物のはずの先輩は、実は冷凍睡眠者なのだろうか？

迷ってからその疑問を提示すると、先輩は否定した。

「小さいときは、単純に憧れててね。解説つきの中継で、この行事を知った。ただかっこいいと思った。でもいざ移り住んできて製作をしてみると、この場所の元々の立看はこういうのじゃなかったはずだ、って思うようになってさ。たとえば、こうやって年に一回だけ飾るものでもなかったはずだし」

先輩が様々な資料に当たったって確かそうな情報を抽出しようとしていることは、知っている。この行事だけのことではない。私は先輩を尊敬しているが、根を詰めがちなのは心配だった。

先輩は続ける。

「第一期立看文化の最盛期には、年に一度だけではなく、主張があるときに看板を立てていたっていう。でもそれを知ったからって、再現できる？　つまり、私たちに訴えの中身がある？」

私は答えを投げることができない。

――自由を愛する、では、訴えの中身として不十分なのか？　固有の中身が必要なのか？　行事は担い手が変わっても行事として機能できなくてはならないだろう。

「資料汚染期以前の事実を探して確実度を上げるのは難しいことです。喜ばれる行事として展開されているなら、いいのではないでしょうか」

過去の文化のつくり手によって実施された物事やそこで発揮された精神。資料汚染期以後の我々が発掘できた範囲内でも、それらの特徴や理念を抽出して掲げるようにして、行事として復活させる。ふたたび活きることを、願って。それは守ることだ。

「じゃあ全然文句はないって？」

「私は、いにしえの文化のつくり手に対しても、復活を冀《こいねが》って当代に続くこの行事を立て直したらしいものに対しても、余所ものです。理解できている自信がない」

「そういわれたら。私だって、ここで生まれたわけじゃないし」

「先輩は、地域としては違うかもしれませんが、文化作成者と同じ……区分でしょう？」

と、私は曖昧にいう。

一年足らずしか一緒に仕事をしていない間柄で扱うには、はらはらする領域だ。その要素を前提として勤めはじめた立場であっても。この文脈で、私たちの間の差異として議題にするのは、冷凍睡眠の有無について尋ねるようなものとは異なる。

かつての文化作成者と同じ区分のものは、ある種のやり方で尊ばれ、守られている……という状況は、厳然として存在する。私はまた、後天的に可能な範囲で区分を変える選択をもしていないかれらの意思や発言もまた尊重されねばならないと、感じている。それは伝統的に、神聖さの位置づけにも関わる問題だとして扱われている。しかしながら、生が発したときの地点によって動ける範囲にかなり制限がかかってしまうような、区分に関する扱いの差異は、個々の存在にとっては微妙な問題だ。一般論として……。

「そういうのは違う。そういう問題にするんじゃ、だめだよ」

こう返して先輩は黙る。後ろから音楽が流れてくる。伝統ロック。伝統パンク。伝統ヒップホップ。伝統雅楽。その響きを復活させ、その特質を一層強めた音。混ざる。調和する。先輩のくくりつけた立看の赤色の桜を揺らす。花心はいくら揺れても何も起こさない。そういうギミックを仕込んではいないから。

今出川通を押し込み、百万遍の交差点を越える。舞台となる土地との区切り、京都大学吉田キャンパス本部構内跡の塀、数点の案内立看が並ぶそれを右手にまだ少し進む。左手には、かつての姿を復元した小さな店様《よう》の建物がしばらく並ぶ。これも終わり、幅狭のトラックは周囲の車両と動きを調整して右折し、開放されている門から入る。

指定駐車区域に駐め、降車する。土地はぽっかりとして、かつておそらくはしょっちゅう影になっていただろうところも、明るい日差しに、からっとした面を差し出している。建物があったという部分の多くは縄で囲まれており、発掘された地下空間には蓋がされている。

私は、車の輪でなにかを巻き取ってしまったのではないかという、迷信の過剰摂取の影響かという感じの奇妙な居心地の悪さを覚える。なにかを——重く、遠く、静かに、高く、積み重ねられているべきものを。

先輩がバイクを降りて、軽くよろめく。私は相対的に長い腕を貸す。

先輩がリヤカーをバイクから外す。私もトラックから、立看や固定具などを積んだ柵つきの台車を引っ張り出す。

私たちが設置代行を担当するのはこの本部構内跡では北のほうなのだが、まず私たちはこれらを曳いて、南西を目指すことにしている。

お参りだ。

南を向けば、先月築かれた今年用の仮設時計台がまず目に入る。役目を終えれば解体回収されるそれは、地上二階分の高さで両翼を広げ、さらに上へと首を伸ばし、首の四面に時計を備えている。

かつて――私たちがこの行事で志向する時期――であればこの位置からは建物に塞がれて見えなかったはずの北面の時計に、私は軽くお辞儀する。茂りはじめている立看の間を縫って進む。

資料館となっている附属図書館跡の前を通ると、本部構内跡の南側の塀も近い。だが目指すのはそこまでではない。南側ですでに開かれていて、山車はまだないながらもヒトビトで賑やかな正門——それよりも北西に私たちは進路を取る。

仮設時計台同様に、この日のために設けられた、赤みを帯びた建物が数棟、コの字型をなすようにして佇んでいる。空いている西側からコの窪みに入ると、地では蒲公英が点々とする向こうに水をたたえた狭い堀があり、さらに奥には茨をまとった黒いフェンスが立っている。

フェンスの向こうでは、左手にコンクリートブロックが積まれ、右手には枝を広げた木が伸び、そして右奥に汚れた看板が数枚横たわっている。

私は荷物を置き、堀にかけられた細い橋を渡ると、フェンスに複数つけられた「関係者以外立入禁止」のパネルのうち一枚の前で、止まる。わきにペンキの入ったバケツがある。そこに二本の腕のうち一本の先をつけてから、両方の腕を合わせ、お辞儀する。

先輩も、別の「関係者以外立入禁止」の前に立っている。

ここは、「立看墓場」と呼ばれる場所だ。我々の行事が第一に志向する時期——この地域における第一期立看文化——その衰退期、訪れた冬の時代の象徴的な場所だと伝わっている。

第一期立看文化の最盛期には大学の学生らが構内外に様々な看板を出していたものだ

が、衰退期にはその設置の場所、時期、さらに看板の形態の幅が狭まったという。大学側から規制が発されたことが関わるらしい。当時施行された規程には、設置者の学生団体としての承認必須化、看板の寸法に対するかなりの制限、設置者の身分表示、図案自動生成の禁止、などがあったのではないかとも議論されている。結果的に、看板は新入生歓迎や学園祭の時期にだけ茂るようになり、あとは閑散としたらしい。ただし、揉めなかったわけではない。少なからぬ違反看板や野良看板が撤去されたようだ。

撤去された看板は、この場所に運び込まれた。けれど当時の防備は簡素なものであり、忍び込まれて看板の奪還を許した。以後、攻防のうちに、フェンスには撮影機や定評ある錠前が設けられ、茨が飾られ、その手前には堀が生まれ、泥水が溜まり、廃棄部品が投げ込まれてときどき発火し、侵入の難しい要害として成長していったという。

そしてこの地は、作り手の元に戻らず、雨水を浴びて傷んでいく、規定外看板の墓場ともなった。さらに、元学生らが過去を振り返る交流の場では、一時的なものにすぎない在学時の規定外行為を象徴する舞台としても扱われたともいう。

なお、一説では、当時、あやしいものが看板に化けて魅入られるものを吸い寄せてその魂を食べるせいで生ける屍と化した学生が増えているのだ、と信じた理事らが、立看の管理強化を主張したのではないかという。もっとも、当時の文化的状況では化けるとは信じないだろう、精神に影響する小さなチップが埋め込まれていると信じたのではないか、という修正的な反論もある。別の一説では、規制強化は、大学の外交に関わる戦術の一環だったのではないかともいう。当時の大学は経済的な難しさに直面し、運営面資金面で関わる組織類との関係をよく保つことを考えた。そんな組織類の一部においては、この大学が以前激しい政治的主張の場として現れていたという記憶が働いた。そこでの活動や活動した集団の像が、看板を使って主張する動きともなお結びついて懸念され、大学側はその懸念に配慮する関係で管理を進めたのではないかと。もっとも、資料汚染期以後に存在が始まった私には、なにが確からしい説であるのか、よくわからない。過去に対して、私たちは余所者になってしまうのだろう。

「縛り多い時代だったようですね」

私がいうと、先輩は腰を下ろして靴先でフェンスに触れ「一面ではあまり変わらないよ」とつぶやいた。「私たちだって、看板の高さも実質的に制限しているし、設置の時期も限定しているじゃない」

「けれど……高さについてはわかりませんが、時期は、私たちが外から志向するものにすぎないからです。ええ、どちらも、そもそもの担い手がいれば違います。けれど、かつての担い手をその背景ごと再現することは難しい。尊ぶべきものは多く、すべてを同時に現すことは、難しい」

「じゃあそもそも、行事として実施する必要がある？」

「守る必要はないというのですか？　守られなければ、消えてしまうではありませんか。ほとんど忘れられたようになり、先輩のような、時を隔てて憧れはじめる存在も生まれない」とまで述べてから、間を置き、つけ加える。「この行事で尊ぶ理念が、ほかならぬ『自由』であるということが、先輩の不納得に関わるのですか？」

先輩はすぐに答えをよこさない。

答えをよこさないまま、立ち上がって身体を返し、細い橋を渡るとリヤカーに手をかけて進みはじめる。

私はすこしほっとする。昨年、製作所で働く意思を示した私に、先輩が告げた、働く条件は、こうだった。

――「あなたは、私がすることを、推し進めるべきだと、進言しないで」

それを為すのは、難しい。もし先輩が、絶対にこうすべきだ、といったら、私は先輩の意見を推してしまいそうだからだ。様々な保存会に連絡して。

先輩が尊ぶべき区分であるというのを、私が無視するのは難しい。

私は先輩の後ろを進む。設置担当場所に向かい、仮設時計台の南側を一度通って、北東側に回り込む。

仮設時計台の一階正面では、直方体の辺に似た骨格を持つ、四角い部分が突き出している。それが両側面と前側に開口部を有し、奥の口につなげている。左右の口にはスロープが、前の口には小刻みな階段が続く。二階部分では窓が一カ所、具合を調べるためか開き、白いカーテンがはみ出て風になびいている。行事の後に回収されるのに内装までよくつくったものだと思う。

ヒトビトと挨拶を交わしつつ進み、担当場所につくと、設置だ。持ってきた看板に足を取りつけ、立て、規定通りの重しをつける。板が多い大きな看板はここでの組み立てになるので、板の境界部で絵柄に許容量を超えるずれが生じていないかどうかを、確認する。

こんな手順を繰り返すうちに、西から来る音楽が強くなる。山車が近づいてきているのだ。

「まわり、観ていいですか？」

「そりゃ」

先輩の許可を取った私は運営関係者の認証情報を使い、会場カメラの通信網に接続する。まず東側に立てられたカメラの提供する映像を視覚処理領域《視界》の一部に展開し、昨日の注文のお客が無事に立看を設置したのを確認する。巡回小型飛行物が提供する映像には、南の道に詰め寄せたヒトビトが大写しになっている。私はそちらの表示を保持する。

私たちは設営を続ける。正門から山車を擁する列がやってくる。その少し東にある小さな門からもヒトビトが入り、広がり、時計台を囲む垣根ができる。曳かれる山車の一段目の山に入った保存会の役職者が、メガホンで挨拶をする。おそらくは昔の言葉――おそらくは――で。

山車の曳き手が止まり、立看を囲んでいた六の童子像が飛び降りる。白い服に揃いのヘルメットを着け、仮設時計台前に横たわっていた長梯子を起こす。

後ろの山車からも、西や北西の門から来た山車からも、童子像が合流する。青、赤、黄、白、黒の衣をまとう総勢四十八の童子像は四本の梯子を起こし、運び、そのうち二本を仮設時計台の一階正面で突き出した部分に立て掛ける。

周囲から物が飛ぶ。

梯子一本あたりに二の童子像が下側で梯子を支え、ほかの童子像たちが登っていく。ある程度が二階部分に到着すると、残る二本の梯子がそちらに受け渡される。それは二階部分から屋上部分に掛けられる。地面から登ってくるのと並行して、二階から屋上に進む童子像が出る。

「あとひとつです。先輩、観にいかないんですか?」

先輩はカメラに接続しないはずだ。先輩は「じゃあ任せた」といい、その姿は私の位置から遠くなる。私のまわりにもヒトビトが来てささやきあう。

最後に、下で支えていた童子像らが、揺れる梯子を登り切る。二階部分と屋上部分に分かれた総勢四十八の童子像は、互いの腕部を打ち合わせ、舞いはじめる。観客が喝采をあげ、地を叩き鳴らし、おそらく昔の言葉で叫ぶ。

――歓迎! 体験! 日程! 説明! 集合!

――反対! 撤退! 解体! 旧態! 渋滞!

――上映! 勉強! 食事! 異議! 和気!

と、正門から、職員および警察官部隊を摸したヒトビトが突入し、時計台から降りるようにと告げる。そこから待っているのは毎年同じ展開だ。

童子像は舞いつづける。

時計台二階部分の奥の窓が開き、摸擬警察官が流れ出し、童子像を取り押さえる。そして屋内に連行していく。屋上部分はまだ保《も》っているが、しばらくすると、梯子の奪いあいが起きる。摸擬警察官が登りはじめてしまえば、童子像は梯子を外すことができない。ただ進路を阻むが、観客の声援を浴びつつ引きずり下ろされる。自ら飛び降りる童子像も生じる。

すべての童子像が時計台の上から姿を消すと、観客は拍手で敬意を示す。童子像処分議論の段に移る。土俵のように区切られた部分でキョージュカイが開かれはじめる。車座になって演じるヒトビトが頭を振る。主張が順々に述べられる。毎年同じ台詞が輪を成していく。

最後の立看の設置を終えた私は寂しさを覚え、先輩を探す。身につけたタグの信号をたどると、東側の倉庫の向こうだった。

うすい板を前に、スプレー缶を持った腕が動いている。ゆがんだ薄い線だった。

私の視界に通知が入る。許可を取っていない立看を検出しました、と。私が慌てて各種接続や連携を切ったのは、先輩が、二本目の腕で何かを板に投げつけたのより、ごくわずかに前だった。

火花が散った。

問いたいのを――余分な記録がどこかで生じるのを避けるため――抑え、先輩に走り寄り、その安全を確保するのに適切だろう力加減で腕をつかむ。燃え出しているだろう木材を後ろに、先輩を引っ張る。置いてあった台車に先輩をのせて押して走る。

駐車場所に戻り、先輩をトラックに引っ張り込み、やっと尋ねる。

「その、立看はすぐに燃やすべしという新説を発掘した、とかですか？」

かつての燃やすゴミ・可燃ゴミ・燃やすしかないゴミ等の範囲の変遷についての定説を思い浮かべ、私はいう。

「いや、全然？　クソ一方通行の懐かしがりではあるかな」

「何を描いた――描いていた――描こうとしていたんですか？」

「わからない」先輩は腕を掻く。「わかりたくない気もする。そうだね、私は、中身について、誰かを蹴り出すようにでもなく、かといって、何も言っていなかったみたいに扱われることもなく、はっきりと説明する自信がない。自分自身に対してだって」

先輩は扉を少し開けて体をねじるようにして降りる。私はカメラとの接続を再開する。童子像に対する処分は決定したのだろう。像の解体が中継されている。内部機構は取り外されて点検再利用され、外側はここで砕かれて埋められる。規定通りに遂行されるのだ。今年潰えても、来年また童子たちは現れる。行事が続くなら。

視界の一部に、関係者用の情報が流れる。無許可立看、消火活動、現在安全、等々等々。私に向かって、情報提供を求める数点の通知が礼儀正しく話しかけてきている。

私は車を発進させる。

感謝――執筆中、大学の立看板の環境や歴史等について、京都大学の卒業生の方からお話をお聞きしました。ありがとうございます。

お詫び――消えたことになっている建造物たちへ。

補足――作中で過去として語られていることと、実際に起きた物事との間には、食い違いがありえます。

参　考

京大職員同好会(@kusyokuin), 2018, 「立て看墓場、2万円するドイツ製の最強レベルの鍵が２つもついてて草」Twitter, 2018-09-18, https://twitter.com/kusyokuin/status/1041979478929371136（閲覧日：2023-05-03）.

京都大学, 2020, 「百周年時計台記念館車寄せ屋根上に侵入した行為について（2020年12月3日）」京都大学, 2020-12-03, https://www.kyoto-u.ac.jp/ja/news/2020-12-03（閲覧日：2023-05-03）.

―――,（閲覧年）2023, 「京都大学立看板規程」京都大学, https://www.kyoto-u.ac.jp/uni_int/kitei/reiki_honbun/w002RG00001405.html（閲覧日：2023-05-02）.

毎日新聞, 2020, 「京大の時計台記念館を学生が“占拠” 職員とトラブル、機動隊出動し一時騒然 [写真特集1/3]」毎日新聞, 2020-11-27, https://mainichi.jp/graphs/20201127/mpj/00m/040/017000f/20201127k0000m040358000p（閲覧日：2023-05-03）.

oquno, 2013,「熊野寮祭で時計台占拠していた」, classics., 2013-11-30, https://oquno.com/log/eid2850.html（閲覧日：2023-05-03）.

スコラごりらと, 2016,「10月3日7:20、京大職員に破壊されるごりらとスコラの看板」YouTube, 2016-10-07, https://www.youtube.com/watch?v=E1XeKkfFcTY（閲覧日：2023-05-03）.

東京大学教養学部学生自治会,（閲覧年）2023,「立て看板設置」東京大学教養学部学生自治会, https://todaijichikai.org/service/tatekan（閲覧日：2023-05-03）.

読売新聞, 2021,「京大『タテカン』論争が法廷に…景観保護か・表現の自由か」読売新聞オンライン, 2021-05-01, URL: https://www.yomiuri.co.jp/national/20210501-OYT1T50024/（閲覧日：2023-05-03）.

シダーローズの時間

藤田雅矢

「シダーローズの時間」藤田雅矢
Fujita Masaya

本作の舞台である京都府立植物園は、1924年に開園した日本最古の公立の植物園。約12,000種類の植物が展示されており、府民の憩いの場となっています。タイトルに使われている〈シダーローズ〉とはヒマラヤ杉の松ぼっくりのこと。開いた姿が木のバラのように見えることからその名がつきました。「シダーローズの時間」の意味を考えながら、じっくり味わっていただきたい小説です。

藤田雅矢さんは京都市生まれで、子どもの頃から府立植物園に通っていました。京都大学農学部卒、農学博士。日本SF作家クラブの会員です。1995年、京都を描いた歴史SF『糞袋』で第7回日本ファンタジーノベル大賞優秀賞受賞。井上雅彦 監修『京都宵―異形コレクション』(光文社文庫)に「釘拾い」を寄稿。また、京都の植物園にまつわる連作が、『植物標本集(ハーバリウム)』(アドレナライズ)に収録されています。近作は『万象3』(惑星と口笛ブックス)に寄稿している「ブランコ」。長編小説や絵本の他に、園芸実用書も執筆しています。

「まんまんちゃんあん」

久しぶりに帰京して、路地で出会ったお地蔵さまに手を合わせる。

小さい頃から祖母のまねをして、街の辻々にあるお地蔵さんには手を合わせて過ごしてきた。こちらの祠のお地蔵さまは、白く塗られたお顔ににこにこしたおだやかな表情が描かれていて、なんともほっこりする。

この日は、ゆっくり府立植物園を散策するつもりだった。ほんと何年ぶりだろう。いっしょに暮らしていた花好きの祖母に連れられて何十回となく訪れているはずだけど、ここしばらく帰っていなかったから、大学生になって京都を出て以来だ。

加茂川を渡ると「植物園こちら」の看板が見えてくる。いまなら、ちょうどシダーローズが落ちている頃だ。

シダーローズというのは、ヒマラヤ杉の松ぼっくりのこと。

ヒマラヤ杉とはいうけれど、実は杉ではなくて松の仲間で松ぼっくりができる。ただ普通の松ぼっくりのように丸ごと落ちるのではなく、ヒマラヤ杉の松ぼっくりは、かさがバラバラになって落ちる。そのときに先端部分だけはまとまって落ち、乾燥すると閉じていたかさが次第に開いてきて、真上から見るとまるで木でできたバラの花のように見え、まことに美しい。シダーローズの名前の所以である。

高校生の頃、この美しいシダーローズの姿に似た銀河が三億光年の彼方にあるのを、宇宙望遠鏡が発見したというニュースを聞いてわくわくした。そして、植物園までシダーローズを探しに行ったことを憶えている。

そのヒマラヤ杉の原産地は、ヒマラヤ西部からアフガニスタンにかけての地域。学名は *Cedrus deodara*、この *deodara* には神聖なという意味があり、聖なる樹として知られている。原産地では樹高五〇メートルもの雄大な樹になるという。日本へは、明治の初めに英国人がインドから種子を取り寄せて蒔いたのがはじめとされる。

わたしがいま住んでいる街の近くの公園にも、大きなヒマラヤ杉がある。冬になると、根元にたくさんのシダーローズが落ちていて、よく拾いに行く。この前もとても美しい松かさを拾ったので、祖母にお土産代わりに持ってきた。

そして最近知ったのだけれど、全国にあるヒマラヤ杉の多くは京都府立植物園にある樹の種子から増やしたものだそうだ。そうならば、近くの公園の樹も京都からやってきたのかも知れない。菅原道真を追って京都から太宰府まで飛んでいったという飛梅ではないけれど、慣れ親しんだ植物園に生えているヒマラヤ杉の子どもが近くにいるかと思うと、親しみがわいてくる。そして、その母樹にまた会いたくなった。

北大路通の看板を北へと折れると、そこは府立植物園の正門へと続くケヤキ並木。道の向こうには、府立大のグラウンドが見える。

うちからこのケヤキ並木までは、祖母に連れられてよく散歩に来た。家が近かったのもあるかも知れない。葉が落ちたいまの時期には、並木道に陽が射して広々と明るく、風に揺れた枝が音をたてる。晴れてはいるものの風は強く、ニットの帽子と手袋がかかせない。

やがて正面に、植物園の正門が見えてくる。自動販売機で入場券を買って正門を抜けると、いまの季節らしく花壇には葉牡丹とビオラが広がっていた。

これが春の頃なら、正門の向こうに真っ赤なチューリップと桜が出迎えてくれるはずだ。夏には目が覚めるような黄色のヒマワリ、秋は池に映る紅葉が見事だし、冬には温室のヒスイカズラの碧が美しい。どの季節も、植物園の色は特別だった。

その植物園の色に、忘れられないことがある。そう、あれは中学生の夏休み。自由課題のひとつに、「黒ともう一色、二色の絵の具で、植物園で写生をする」という美術の課題があった。

植物園に行ってなにか描いてくればいいだけだから、いくつかの課題の中で一番簡単なんじゃないということになって、何人かの友人と植物園で待ち合わせて絵を描きに行った。その日は雲ひとつない晴天で、青空に太陽が輝き、気温はうなぎ登り。描いているうちに、汗びっしょりになったことを憶えている。

しかし、二色で風景を描くだけというものの、実際にやってみるとこれがなかなかうまく描けない。もちろん、そこを考えさせるように、いろんな色の花がある「植物園」がお題だったのだろう。

友人のひとりはやっぱり空は青く描きたいと、黒ともう一色は青で描いた。そこに元の紙の白い部分を残して空を塗るという技を使って、うまく白い太陽を描いていった。さらに青いヒマワリや青いケシなども描き入れて、現実にはない幻想的な植物園になった。

花にこだわらず「樹を描く」と決めて、もう一色に緑を選んだ友人は雄大なヒマラヤ杉の樹を前にして、緑と黒でじっくりと森のように描き上げていた。ヒマラヤの森は、こんなふうに見えるかも知れないと思わせる渾身のできばえで、うらやましくなった。

そうやって自分以外は、なんだかんだと仕上がっていく。

わたしはというと、夏の陽射しに華やかに咲いているヒマワリを描こうと黄色を選んだのはいいけれど、ヒマワリはともかく他の花もみんな黄色になってしまう。そして、青い空も描けない。雨が降りそうな薄い黒か、にごった黄色い空になり、その日はどうにも満足のいく絵にならなくて、結局翌日また一人で絵を描きにいくはめになった。

そして翌朝、正門のところまで来たそのときだった。吹き抜けた風の向こうに、真っ赤なチューリップの花壇があらわれたのは。

真夏だったけれど、そのときのわたしには正門を入ったところに、はっきりと赤いチューリップが見えた。視線の向こうは春だった。じっと見ていると、赤い色は消えていつの間にかヒマワリ畑に戻ってしまう。けれども、またふと目をやると赤いチューリップが一面に咲いているのが見える。そして、チューリップの向こうには、丸い屋根の温室が見えた。それは祖母からいつも聞いている、昔あったという丸いドーム型の温室だった。

どうせ見たままには描けないのだから、もう一色は赤で描くほかないと、夏の植物園だけれど真っ赤なチューリップを描いた。ドーム温室の骨格を赤黒く描いてみた。さらに大芝生の方向には、木々の向こうに赤い屋根が見えた。その赤い屋根も描いた。空は夕暮れ時のようで、今度は自分でもけっこうよく描けたと思った。

気分も良くなって、家に帰ると描いた絵を祖母に見せた。すると、

「なんや、けったいな絵やな。これ、植物園で描いたんか？」

わたしの描いた絵を手にとって、じっと眺めている。

「そうや、黒ともう一色で植物園を描きなさいという課題なんやもん。二色で描くと、こんな色になるねん」

「そやけど、この暑い夏の時期にチューリップやなんて。いまは咲いてへんのとちがう」

と、祖母の方が科学的だった。

「赤が使いたかったんやもん」と、わたしはチューリップが見えたことは言わなかった。

「それに昔の丸い温室も……ほんまに見えたんか」

祖母は、わたしの目をじっと見つめて言った。

「どうせ見たままには描けへんから、おばあちゃんから聞いてた丸い屋根の温室、いまと

はちょっと違う感じで描いてみるのもええかなと思て」

そう答えても、祖母はまだわたしの目をじっと見ている。

「でもあんた、アメリカさんの家も見えたんやろ」

「アメリカさんって？」

「ほら、そこの赤い屋根」

ちょっと赤く塗っただけなのに、祖母にも屋根に見えたらしい。

「その昔、いまの大芝生のとこには、進駐軍の兵隊さんの宿舎が建ってたんよ」

「しんちゅうぐん？　兵隊さん？　いったい、いつの話なん」

「おおばあちゃんから聞いた話やけどな。日本が戦争に負けてアメリカの兵隊さんがやってきて、はじめは京都御所に宿舎を建てたいと言うてきはったんやて。そやけど、なんぼなんでも御所はあかんから植物園で堪忍してもらえへんかということになって、木をずいぶん切り倒して建てはったんやと」

そんな歴史が……わたしには、それも見えたことになる。少し怖くなった。

「やっぱり、見えたんとちがう？」

そう聞かれて、わたしは静かにうなずいた。

「ここには時間が積み重なってるさかいな、そういうもんが見えることが、たまにあるんよ。誰にでもある。おばあちゃんも、その赤い屋根見たことあるし」

「おばあちゃんも？」

「そうや。そやけど、大人になったらそんなもんは見えへんようになる。なんにも心配することあらへんよ」

祖母は、そう答えてくれた。ほんの少し、安心した。

と同時に、いままで聞こえていなかった蝉の声が急に聞こえてきた。

「おばあちゃん、おおきに」

けれども、その絵は結局提出しなかったように思う。

それから府立植物園の歴史が気になって、図書館で少し調べてみた。

植物園の中に、半木《なからぎ》神社という上賀茂神社の末社がある。織物の神様として信仰されてきたらしい。その神社の森とその回りの田園地帯だったところが、いまの植物園の敷地となっている。

植物園の設置が決まったのは、大正四年のこと。京都府がその辺りの土地を購入して、「大典記念植物園」を造ることになった。その際、半木の森の自然林をそのまま生かすように神社もそのままにして設計され、大正十三年に開園してから、多くの入園者で賑わったそうだ。

しかし、第二次世界大戦のあと、祖母の話の通り、やってきた進駐軍の住宅の用地に提供された。どうやら、赤く見えたのはそのアメリカ軍の住宅の屋根のようだ。園内の木は半分以上切り倒され、多くの住宅が建てられたらしい。

その後、植物園は返還され、四年の歳月をかけて再整備されて、昭和三十六年に祖母のいう丸屋根のドーム温室とともに再開した。京都駅から大勢の人が市電に乗って訪れ、園は賑わいを取り戻した。

祖母のいったように、季節外れの赤いチューリップがはっきり見えたのは、その絵を描いた日だけだった。しかし、そのあと祖母のいうところのヒマラヤ杉の童《わらし》のことがあり、また怖くなって植物園から少し足が遠のいていた。

それが、府立植物園のヒマラヤ杉が全国に広まったことを知って、近所のヒマラヤ杉も植物園の子孫かと思うと、大きな樹にまた会ってみたくなった。わたしと京都をつないでいるひとつ。そして、本当に童をみたのかも、確かめたくなったのだ。

少し歩くと、風もあって帽子と手袋をしていてもけっこう寒い。寒い日には、まず観覧温室の中をぐるりと巡ると暖まる。

さっそく温室の料金を払って入口の扉を開けると、一気に眼鏡が曇る。湿気と、苔ともなんともいえない熱帯植物の香りが入り混じった空気がある。

大きなタビビトノキが出迎えてくれる。〈タビビトノキ〉という名前を聞くだけでロマンを感じる。ここには、本当に世界のいろいろな植物が展示されている。

カラハリ砂漠に生えている〈奇想天外〉という植物は、一科一属一種の植物で、たった二枚の葉を一生伸ばし続けて何百年も生きるという。わたしが生まれるずっとずっと前から、砂漠で生き続けていて、これからもずっと生えているかと思うと、時間の流れにドキドキする。

ほかにも、人が乗れそうなほど大きな葉を浮かべるオオオニバス、星の王子さまに出てくるバオバブの木……世界を詰め込んだ生きた展示の博物館、何時間でもここに居られそうだ。

でもヒマラヤ杉まで行くつもりだから、少し温まってきたところで外に出る。帽子と手袋をして、また歩きはじめる。

小さい頃は、植物園はそのままずっとずっと続いているものと思っていた。というか、終わりがあるという感覚がなかった。そんなことが思い浮かばないほど広く感じていた。もちろん大きくなって、正門から反対側の北山門まで歩いて行けることもわかった。植物園が縮んだのではなくて、自分が大きくなったのだ。

歩いて行く途中、朱い鳥居が目に入る。初めてだと、ちょっとびっくりするかも知れない。これが、植物園の中にある半木神社《なからぎ》。

ここだけは昔からの自然林が園内に残っている。樹齢二百年近い樹もある。京都の歴史からみればたいした時間ではないかも知れないけれど、その時間がここに留められていることが心地よい。

進駐軍がいたときには、この森も気味が悪いから木を切ってクラブハウスを建てようとか、そんな話もあったらしい。そんなことすると、きっと罰が当たる。だから、当時の植物園の職員は、仮に日本が教会を壊し、回りの木々を切り倒してなにか建てようとしたらどう思われますかと、植物園の木々と神社の重要性を訴えることで、なんとか難を逃れたという。つまりヒマラヤ杉も含め、いま園内にある大きな樹は植物園の歴史の中で災厄の時をくぐり抜けてきたことになる。

そんな祖母から聞いた話も思い出しながら、半木神社からぐるりと園内を散策して、ようやく目指すヒマラヤ杉のところまでたどり着いた。

さっきの半木の森の自然林とは違って、ここには人工的な洋風庭園にバラ園が広がっている。そこに二本のヒマラヤ杉が生えていた。開園当時からあるヒマラヤ杉は樹齢百年を超え、枝が下の方から大きく横に張り出して広がり、堂々とした三角錐の樹は冬でも青々と陽射しを浴びている。中学生のとき、友人が黒と緑で描いていた立派なヒマラヤ杉だ。あの頃より、さらに大きくなったように思う。

もちろんバラ園の方はこの時期に花はなく、葉も落ちて冬の剪定作業がはじまろうとしていた。バラ園を歩く人の姿もない。そんなところを、おそるおそる近づいていく。

ヒマラヤ杉の根元には、思った通り、この時期たくさん松かさが落ちていた。

わたしは、一本のヒマラヤ杉の根元にしゃがみこんで、落ちているシダーローズを拾いはじめた。踏まれて傷ついてしまったものもあるし、落ちたばかりでまだあまり開いていないのもある。裏返っているのもある。それを拾い集め、寒いのも忘れて地面に並べていく。

そう、高校生だったあの日も、同じようにこうやって並べていた。シダーローズに似た銀河のことをニュースで知って、探しに行ったのだ。

一つ、二つ、三つ……

地面に、シダーローズの花が咲いて増えていく。おもしろかった。

その中にひとつ、大きくて傷もなく、きれいに螺旋に渦巻いたように見えて、これこそ完璧なシダーローズじゃないかという松かさを見つけた。このきれいな螺旋は、フィボナッチ数列がつくる最も美しい螺旋だ。

フィボナッチ数列とは、イタリアの数学者の名前に由来する1、1、2、3、5、8、13、21、34、55、89……「どの数字も前2つの数字を足した数字」という規則の数列で、自然界によく見られる。松かさの並びだけでなく、葉っぱの配置やオウムガイの貝殻、台風の渦、そして宇宙の銀河の渦すらも、この数列の対数螺旋で描かれている。

わたしはうれしくなって、もっと他に美しいシダーローズはないかと探し続けた。

どれくらいの時間、そうやって探していただろう。

ふと、視線を感じた。

誰だろう。ヒマラヤ杉の根元、よく見るともう一本の樹のところに子どもが一人で立っていた。

迷彩柄の半袖のTシャツにカーキ色の半ズボン姿。この寒いのに半袖半ズボンで子どもは元気だなと思って見ているると、こちらが気づいたからか見るのを止めて、しゃがみこんだ。向こうもヒマラヤ杉の足もとで、何かを拾ってはズボンのポケットに入れはじめた。シダーローズのように見える。そんなにポケットに詰め込んだら、潰れてしまいそうだ。

それより、一人なのだろうか。親御さんの姿は近くに見えないし、もしかしたら迷子かも知れない。そう心配して、声をかけた。

「こんにちは」

すると、その子は手を止めてすっと立ち上がり、わたしの方をまたじっと見た。見た感じでは、幼稚園の年長さんくらいだろうか。

「寒ない？」

返事はない。

「おとうさん、おかあさんは？」

やっぱり返事はない。その子は、両手にしっかりと拾ったものを握りしめているのがわかる。知らない人から声をかけられて、緊張しているのかも知れない。

「なんか、ええもん見つかった？」

すると、今度は伝わったのだろう、その子は黙ってうなずいた。そして、手にしたものを見せようというのか、こちらに駆け寄ってくる。

「走るとあぶないよ」

すると心配したとおり、見ている前でその子はばったりと転んでしまった。手に握っていたものが転げ出た。やっぱり、シダーローズだ。倒れたままで、すぐには起き上がれない。

泣き出すのでは……助けなくっちゃと、急いで近づいていった。でもその子は泣き出しはせず、なんでもないかのように起き上がって、転がったシダーローズをまた拾いに行こうとする。

「だいじょうぶ？　ちょっとここに座って」

地面に座らせて、膝の擦りむいたところをカバンに入れていたウェットティッシュで、とんとんと軽く叩くように土を落とした。くるんとした黒い瞳で、わたしがすることを見つめている。けっこう擦りむいたのに、血は出ていなかった。そして、その子の足は、とても冷たかった。

「立てるかな」

こちらの顔は見るけれど、やはり何も言わない。

「これ、貼っとくからね」

いつもカバンに入れているバンドエイドを取り出して、傷口に貼った。その様子をおとなしく不思議そうに眺めている。

貼り終わるとすっと立ち上がって、転げていたシダーローズを拾いにいった。そして、そのひとつをわたしに差し出した。

「ありがとう」

お礼にくれたと思って、そのシダーローズを受け取った。

少し小ぶりだったが、それもきれいなシダーローズだった。しっかりと手に握っていて転げたのにくずれたところもなく、フィボナッチ数列の美しい螺旋を描き出していた。

するとその子は、わたしが並べていたシダーローズを指さした。そうか、さっきわたしの作業をじっと見ていたのだ。

「わかった、換えことしよう。どれがいい」

もちろん、一番大きくて傷もなく、完璧なシダーローズを指さした。そうだろう。子どもにはかなわない。

「はい、どうぞ」

シダーローズを受け取ると、ぺこりと頭を下げ、また元のヒマラヤ杉の方へと戻って行く。あとを追いかけつつ、もう一度辺りに親御さんがいないか探したけれど見つからなかった。

「待って」

すると、その子は樹の影に回り込むようにして、そのまま見えなくなってしまった。

「えっ」

樹の根元までたどり着いて、幹の周りを回ってみても見つからない。そこから、先に行ったようにも見えない。ヒマラヤ杉の根元には、バラバラになって落ちた松かさとシダーローズが落ちているだけ。松かさが、歩くたびにミシミシと音をたてた。

……消えた？

さっき交換したシダーローズを、手のひらに載せてみる。

たしかに、それはあった。夢じゃない、やっぱりもらったんだ。

「おーい」と呼んでみても、反応はない。ヒマラヤ杉の枝が、風にこすれて音を立てるだけ。高校生だったわたしは怖くなって、急いで家に帰って祖母にそのことを話した。

「迷子と違うの？」

「ううん、親御さんも見いひんかったし。帰るときに受付で聞いてみたけど、今日は迷子の届けはなかったたって」

「それで、その子はどこいったん」

「わからへん。木の根元で消えてしもた」

「そんなら、それはヒマラヤ杉の童と違うか。大きな樹も時間を重ねてくると、だんだん神さんに近づいていかはるからな。立派な樹には、手を合わせたくなるやろ」

インドでは聖なる樹と聞いたことがある。

「でも、あの樹はふつうの木に見えたし。わらしやなんて……おばあちゃんは、見たことあるん？」

「見たことはないけどな」

「ほな、そんな適当なこと言わんといて、なんか気味悪いやん」

「でも、こんなきれいな松ぼっくりをくれたんやろ。やっぱり、ヒマラヤ杉の童やと思うよ。見守ってくれてはるんやって」

「そんなん、信じられへん」

そんな木の精のようなおとぎ話で済ませてしまうことに反発した。いや、かつて赤いチューリップが見えたのも、今回ヒマラヤ杉に子どもが見えたことも、どこか怖くなった。なにか、ほかに原因があるに違いない。そういうことにしておきたかった。

「そしたら、あんたはその子はなんやと思うの」

「そやね。わたしが考えるに、あの子はきっと……宇宙人や」

「はぁ？　宇宙人」

祖母は、急に変な声をあげて笑いはじめた。

「なに笑うてんの」

「また、滑稽なことばっかり考えて、あんたそんなん好きやなぁ」

「おばあちゃんの童の話かて、おとぎ話やんか」

すると、今度は祖母が反論をしてきた。そういう人だ。

「仮に、仮にやで、もし宇宙人がいたとしてやで。それが地球にまでやってきて、なんでわざわざ府立植物園を訪ねてくるの？」

「そやかて府立植物園に来たら、この一カ所で地球のいろんなところの植物が観察できるやん。温室から、花の咲いた花壇、百年経った森まで。こんなにたくさんの植物がいっぺんに見られるとこなんて、滅多にあらへんよ。生きた博物館やし。地球の植物探索にはぴったりやん。こんなに植物や動物にあふれ、知的生命体がいる惑星なんて宇宙の奇跡やわ」

そう答えて、我ながらなかなか理にかなっているなと思った。

「そうなんか。ほな、なんでそんな松ぼっくり集めてはるんや」

そういって、祖母は今度はシダーローズを指さした。なんとか理屈をひねり出す。シダーローズ銀河が思い浮かんだ。

「……そう、このシダーローズ、おばあちゃんがいうたみたいに、とてもきれいでしょ。そやから、宇宙人にもこのシダーローズの美しさが知られてて、きっと地球外でも注目の的なんやわ」

フィボナッチ数列の普遍的な美しさに支配された自然物のシダーローズ。渦巻く銀河と共通するところがある。宇宙人もこういうものを美しいと感じるに違いない。

「ほんまかいな。またそんなアホな、夢みたいなことばっかり考えて」

「この地球にしかない貴重なヒマラヤ杉のシダーローズを、この目で見てみたいといろんな宇宙人が地球を訪れてるかも知れへんよ。それで、宇宙で一番美しいシダーローズを探していて、わたしの完璧なシダーローズと交換して行ったんと違うかな」

てっきり子どもだと思って交換したけれど、うまくやられたのかも知れない。

「それはすごいな。その府立植物園の松ぼっくりは、宇宙の宝物なんや。それを探しにわざわざ地球までやって来て、転けてしもた宇宙人を助けてあげたなんて、それはええことしたな」

「そうかな」

「そうや。困った宇宙人を助けるなんて、そうそうあらへんし。きっと、なんかええことあるよ」

そうやって、祖母はわたしの話を聞いてくれた。

あれから、何年も経つ。いま、向こうのヒマラヤ杉の根元には誰もいなかった。もうあのときの子どもは見えない。「おーい」と呼んでみても、もちろん返事はない。いま思えば、迷子だったと考える方がしっくりくる。でも……

ヒマラヤ杉を見上げて、大きく伸びをした。

この青空の向こうに宇宙がある。ヒマラヤ杉のずっと向こうに、シダーローズの銀河が広がっている。わたしには、かつて過去の植物園が見えたけれど、夜空に見える星々はみんな過去の姿だ。

京都の歴史すらちっぽけに見える広大な時間の中で、いまこの瞬間銀河系の片隅に地球があり、そこにヒマラヤ杉が生え、人間がいてわたしがいる。フィボナッチ数列が宇宙全体の法則なら、わたしが見たのはやっぱり宇宙人で、銀河の彼方からやって来たのだろうか。

入口で赤いチューリップも見なかったし、もう怖くはなくなったけれど、ほんの少し寂しくもあった。これでわたしも、おばあちゃんが言っていたような大人になったんかなと思った。大人になるとは、自分もふり積もる時間の一部になるということだろうか。だから、もう見えなくなる。

そんなことに思いを巡らせ、正門を出るとき祖母に何と話そうかと考えていた。

ケヤキ並木を北大路通りの方へ歩いて行く。橋の上から、加茂川と植物園を眺めた。半木の道から吹いてくる風は冷たい。そうして、うちまでたどり着いた。

「ただいま、おばあちゃん」

「どうやった」

帽子と手袋を脱ぎながら、「何も見えへんかった」と伝えた。

「そら、よかったな。あんたは気にしいやし、ちょっと変わったもんが見えたりすると、怖がってたから、ずっと心配してたんやで。あんたも大きなったし、もう見えへんやろ」

「そやね。おばあちゃん、おおきに」

「いまやから言うけどどな。あのヒマラヤ杉の童のことを、あんたは宇宙人やなんていうてたけど、松ぼっくりをくれて樹のところで消えたんやったら、おばあちゃんはやっぱり童やったと思うよ」

「そんなことあらへんわ。あれは吸い込まれるように消えたんと違うて、きっと宇宙船に転送されて行ったんやと思うよ。何億光年も時空を超えて」

「ほんま、がんこやな」

「おばあちゃん似なんやて」

「わかった、わかった。あんたの言うてたことは、ほんまやったんや。ほんなら、あんたの松ぼっくりは宇宙の宝物や」

祖母はそう言って微笑んだ。その顔を見て、少し歳をとったなと思った。わたしが大人になった分。この日ヒマラヤ杉に会いにきてよかった。

「そうやね。おばあちゃん、これお土産」

わたしは、思い出してカバンの中から小箱を取りだした。

「なんかええもんか」

「そうや、ほら」

蓋を開けると、中にはティッシュペーパーにくるんだ大きなシダーローズがあった。

「また、松ぼっくりかいな」

「これはうちの近所の公園で拾った、完璧なシダーローズやで。府立植物園のヒマラヤ杉の子どもの樹かも知れへん。あんまりきれいなんで、おばあちゃんにあげようと思て、大事に持ってきた」

手に取ったとき、シダーローズの中に渦巻く宇宙が見えたような気がした。それを、祖母に手渡す。

「おおきに、大事にするわな、宇宙の宝物」

「ずっと、元気でいてや」

そういうことで、そのシダーローズはいま祖母の部屋の床の間にある。

そして祖母は、「まんまんちゃんあん」と、毎朝わたしの無事を願って、そのシダーローズを拝んでくれているらしい。ありがたいことだ。

春と灰

織戸久貴

「春と灰」織戸久貴
Orito Hisaki

　京都には国立国会図書館関西館という図書館があります。本作の舞台はこの国立国会図書館関西館がある相楽郡精華町。軍事独裁政権が樹立し崩壊した後の近未来の日本で、精華町はとある事情により汚染され、〈禁足地〉と呼ばれており図書館に近づくことさえままなりません――。

　織戸久貴さんは1992年生まれ。京都府在住。2017年「夏の結び目」で第9回創元SF短編賞大森望賞を受賞。2022年には「綺麗なものを閉じ込めて、あの湖に沈めたの」で第4回百合文芸小説コンテストpixiv賞を受賞。『ユリイカ2022年11月号』（青土社）の「特集＝今井哲也」に「主要作品解題」を寄稿。『百合小説コレクションwiz』（河出書房新社）の著者紹介テキスト作成協力を担当しています。

あゝ夢さそう　文化の町は
移動図書館《ブックモビール》　移動図書館《ブックモビール》
〝ひかり〟から　〝ひかり〟から

――「ひかりの歌」並木杏子・作詞　團伊玖磨・作曲

アルミニウム色によどんだ空の下で、天使たちが踊っている。

それは雪もよいの町に黒いインクを散らしていた。複数枚のプロペラを背に生やした、表情を持たない球体関節人形たち。その一対の腕には、U字型のさすまたが握られている。敵意のない侵入者が捕縛されて死ぬことはないが、だとしても地面に縫いつけられたままであれば、いずれは凍死か餓死するはずだった。

僕は履き慣れたスニーカーで、南北に敷かれた赤さびた平行線――かつては学研都市線と呼ばれていた――の劣化した枕木を踏みしめる。鉄路はだいぶ前に砕かれ、もうどこにもつながらない。そばで朽ちかけていた看板は〈祝園〉と読めた。

にわかに風が吹き込み、ソフトシェルジャケットが音を鳴らす。木津川を遡っていたときは実感が湧かなかったが、いまは空気が変わっているのを肌で感じる。

「怖いか?」

ツアーガイドの矢島が振り返り、訊ねた。レインジャケットを身にまとった、ずんぐりとした体躯の髭男。彼の親はマタギだったんですよ、とは彼を紹介したツアーコーディネーターの売り文句だったものの、その真偽は正直わからない。

「怖くはないです。べつにうれしくもないですけど」

「この景色を見ても、か?」

「ええ」

僕らの前に広がっているのは、灰色に染まった植物たちに呑み込まれ、機能を停止させた文明都市のなれの果てだ。

もともと記念公園や神社に集中していた植物は、天敵の消えた野鳥の糞から種を芽吹かせ、瞬く間に生育範囲を広げていった。汚染によって生まれたその灰色の変異種たちは、町のコンクリートや鉄、ガラスといった建材を侵食し、まるで悪趣味な粘土細工の展覧会をつくっていった。それがこの〈禁足地〉だった。

宗教的な言い回しであるのは、おそらく政教分離という建前で行政が責任を放棄したかったからなのだろう。一時期は霊的物質が人体に与える悪影響についても取り沙汰されたけれど、いまはその調査も打ち切られている。残っているのは、この墓石めいた小さな町のぬけがらだけだ。ただ、それでも想像する。

――この中心に〈図書館〉が、僕の求める本がある。

しかしその直後、乾いた銃声が空に響いた。

すぐに僕と矢島は物陰に隠れる。どうやらほかにも〈観光客〉がいるらしかった。天使たちは、その音に吸い寄せられて飛び去っていく。僕らはそっとうなずき合い、やつらの単純な移動を追う。

十分後、僕らは音の発生源を特定した。〈観光客〉は、駅からほど近いチャペルの前、ひび割れたコンクリートの地面に縫いつけられて倒れていた。

「迂闊だな」

二区画ほど離れた場所で、双眼鏡を手にした矢島がつぶやいた。天使たちの行動原理はあくまで防衛という二字に尽きる。であればわざわざ銃器を掲げる意味はない。

単眼鏡を使い、僕はそのシルエットを目視した。

「子供、ですね」

だいたい十四、五歳くらいの少年に見えた。ソロの〈シーカー〉にしては、だいぶ若い年齢だった。

「どうする」

マタギの息子が淡々とした口調で訊ねてくる。

数秒だけ考え、結論を返す。

「助けましょう」

「ツアーの邪魔になるかもしれないぞ」

「矢島さんだって、イレギュラーは把握しておきたいでしょう」

いっとき額にしわを寄せたあと、わかった、と矢島はうなずいた。

天使たちが警戒を解いてから、僕たちは少年のもとへと駆け寄った。彼はさすまたの射出で衝撃を受けたか、あるいは恐怖のためか、気を失っていた。近くには小銃とバックパック。おそらく弾ははずれたのだろう。あたっていれば無事ではなかった。

僕は小銃の弾倉が空であるのを確認し、地面に戻した。

「見てくれ」

と、矢島はバックパックからなにかを取り出した。

それは一冊の本だった。上等そうな古い布張りで、革製らしきブックバンドでくられている。けれどもそれはどこか不自然だった。アジャスターや結び目がどこにもない。真鍮製の金具が打ち込まれ、十字状に重なった革が解《ほど》かれないよう留めてある。まるでだれかに読まれることを拒否しているみたいだった。

ただ矢島は、僕とは異なる部分を指摘した。

「訝《いぶか》しいな。管理用のコードも、蔵書印もない」

「というと」

「これはおそらく〈図書館〉の本じゃない」

数秒、言葉を返せなかった。

答えを求めるように、僕は横たわる少年に視線を向けた。その寝顔は、なんの変哲もない、ごくふつうの子供にしか見えなかった。加えてこの子は、ただ好事家に書籍を売りつけるためにこの町に来たわけではないという。

遅れて、僕はふと思いつく。

ならば反対に、彼は〈図書館〉に本を持ち込もうとしたのだろうか。

「まさか」

そんな馬鹿げた話は、一度も聞いたことがなかった。

＊

東京の国立国会図書館が焼かれたのは、およそ二十年前のことになる。

当時、悪化していく国際情勢を背景に、この国は極端な結論に傾きつつあった。当時有力であったとある党は、巧みに民意を誘導し、軍事国家を見据えた独裁体制を実現させた。

もちろんだれもが賛同していたわけではなかった。多くの学術機関はその危うさを指摘していたし、反対表明や署名もおこなわれた。老舗出版社は、かつての総動員体制下における戦意高揚や戦線文庫を出版した歴史を改めて公開した。

　しかしそうした運動のなか、図書館や書店にあった書籍が〈危険思想〉であると一方的に処断された。デジタルアーカイブ技術による全文検索機能によって、無関係な一節が都合よく引用され、多くの本がその〈焚書〉リストに入っていった。

　対する抵抗運動も大きなうねりを見せていた。なかでも国内外に影響を与えたのは、東京の国立国会図書館に勤務していた司書たちによる蔵書の大規模輸送計画だった。けれども実行の直前になって密告がなされ、事態を察知した政府軍により図書館は鎮圧、計画は文字通り灰に帰した。

　しかし一連の出来事ははじまりにすぎなかった。デジタルデータが権力者によって監視、統括、制限、改竄されていくことも、すべては時間の問題だった。

　よってその状況を重く受け止め、強硬手段に向かう人々も現われた。それが京都府相楽郡精華町にある国立国会図書館関西館の司書たちだった。

　東京の国会図書館が襲撃された夜、関西館の司書たちは館内で〈禁書〉として保管されていた古文書を解読し、それらの記述をもとに式神との大量契約の儀式をとりおこなった。つまりは戦闘用ゴーレムの大量生産だった。翌日には声明が発表され、にわかに町内は緊張状態に入っていった。

ただ、これには大きな落とし穴があった。なぜなら京都の洛中とは違い、精華町は呪術的な観点のもとに整備された土地ではなかったからだ。霊魂を鎮めるための寺社仏閣はほとんどなかったし、万が一、呪いが返ってきた場合のセーフティや風水的な結界も、なにひとつ用意されていなかった。そしてそのまま武力衝突は発生し、おびただしい量の血が流れていった。

だからたったひと月で、土地に蓄積された呪力は臨界に達した。ゴーレムたちは土地に充満する呪力を受け、行動規範であり命令であったはずの〈誓文〉を自ら歪ませ、暴走をはじめた。無差別に人を襲い、放棄された兵器や金属を喰らって体内へと取り込んだ。泥人形は自己を改変し、機械仕掛けの天使となった。

こうして町の制空権は無生物に支配された。中心地であった国立国会図書館関西館は彼らによって改築され、通称〈文字炉〉として生まれ変わった。ゴーレムたちは書架に眠る無数の文字配列からエネルギーを取り出し活動している可能性が、調査機関によって報告された。一部の言語学者はこの仕組みをかつて井筒俊彦や丸山圭三郎などが提唱した〈ソシュール力〉であると論じたが、多くの物理学者は匙を投げ、最終的に未解決問題とすることで落ち着いた。

いっぽう国の独裁体制は、一連の出来事からちょうど十年であっさりと潰えた。残ったのは解析不能の呪力によって霊的に汚染された〈禁足地〉と、いまも絶えず天使たちにエネルギーを与えるべく稼働する〈文字炉〉、そしてなにより本というメディアに対する言葉にしがたい社会的な忌避感だった。

けれどもその本という存在に、むしろ倒錯的な価値を見出す好事家たちもいた。加えて汚染や命の危険をかえりみず〈図書館〉へと潜り込み、稀覯本を盗んでは高額で売りつけるならず者も現われた。

いつしかその蛮勇は、〈ブックシーカー〉と呼ばれていた。

＊

旧・畑ノ前公園の敷地内に入り、僕たちは少年の目覚めを待っていた。

かつての鎮守の森はすでに灰色植物に占有権を奪われていたが、おかげで天使たちには見つからずに休息することができた。あたりには放置された回転遊具くらいしか目に見える人工物は残っていない。

行動食を摂りながら、焦る必要はない、と僕は心のうちでつぶやく。ツアーの日程にも、食糧にも余裕を持たせている。けれど不安は拭えなかった。

「う……」

と、そこでうめくように子供が身じろぎをした。

僕は近づこうとしたが、待て、と矢島に止められる。

「あんたはそこにいろ」

それから、起きろ、と矢島が少年の頬を叩く。しかし相手は薄く目を開けたかと思うと、すぐさま身体を反転させ、ばねのように飛び跳ねて距離を取った。

まるで野生動物だった。

荷物がないことに気づいたのか、相手は警戒心を隠さず問いかける。

「あんたら〈シーカー〉か」

矢島はドスの利いた声で相手を煽る。

「だったらどうする」

けれど、待ってください、と僕はつい言葉をかけていた。

「僕たちに敵対する理由はないでしょう」

「未登録の本を持っている人間だぞ。しかもこの町で、だ」

「それは」

否定しがたい事実だった。この国において、登録のない書籍はそれだけで危険視されているし、内容次第では罪にも問われる。

でも、と僕は口にする。

「天使は彼を殺しませんでした。この子に脅威はありません」

「ただの偶然だ」

けれど少年の様子もおかしかった。おい、と怪訝そうに彼は訊ねる。

「おまえらの後ろにいる、そいつはなんだ」

「気をそらすつもりか。知恵の回るガキだな」

矢島はそう吐き捨てた。けれど僕は違和感をおぼえた。背後には回転遊具くらいしかなかったはずだ。いや、待て、と気づく。

「矢島さん」

僕はあくまで声音を乱さないように言った。

それは、きい、と歪な鳴き声をあげていた。冗談みたいな音だった。ここはかつての先端都市で、であれば回転遊具といった古い器械は置かれない。

「なんだ」

「ここはいつで、どこの時代だ？」

それがふたりで決めていたルールだった。すぐさま僕は駆け出し、少年の腕を掴み引いた。彼はこちらの意図を察し、身をひるがえす。それと入れ替わるように、矢島が〈カクテル〉を投げ込んだ。二秒後、それはチープな炸裂音とともにフラッシュを起こす。そのタイミングで、僕らは木の影へと滑り込む。

けれども、回転遊具の動きは変わらなかった。まるで三次元的な万華鏡のように、それは自己の構造を、パズルを組み替えていく。そうしてあの、球体関節人形めいたシルエットを取り戻す。

嘘だろ、と僕は状況を把握した。矢島が放った〈カクテル〉は、対ゴーレム用のロジカルチャフだ。簡単にいえば、バグだらけのデータを喰わせて〈誓文〉の構造に干渉し、強制的にパフォーマンスを落とさせる。けれどいまは、その効果がまったく発揮されていない。だから結論としてはひとつだった。

〈誓文〉のヴァージョンが、直前になって変更されたとしか考えられない。

「〈アップデート〉が入ったんだ……！」

そのあいだにも矢島は次の策を講じる。バッグから折りたたみ式の猟銃を取り出し、弾を素早く装填していく。

けれども擬態を解いた天使は、すぐにこちらを攻撃しなかった。

なぜ、とこちらが訝った、その直後だった。

陶器めいた天使の頭部が、ぱっくりと真っ二つに割れていた。相手は体内からなにかを生成していた。冗談じゃない、とふたたび思う。やつらの本質は泥人形であって、通常は〈誓文〉どおりに動くだけだ。つまり短絡的な木偶にすぎない。

けれども、やつらにも個体差というものは存在する。だから頭のよい天使は、長期的な戦略を組み立てて動く。敵の裂け目からは、真っ白な、四つ葉のクローバーに似た錘形たちが現われる。その構造物は、ゆっくりと、天に向かって背を伸ばしていく。

まるで夏の向日葵の生長を、何十倍速で見ているかのようだった。

そこで僕は直感的に答えに気づく。

――サイレンだ。

天使は警報を大音量で鳴らし、仲間を呼ぶつもりだった。であれば僕らに命はない。矢島が猟銃を構え、天使の胴体を狙撃する。合成された皮膚が破片になって飛び散った。けれどやつを殺すには、撃ち込む弾の数がまだ足りない。

なら、どうする。どうしたらいい。

「本を寄越せ」

パニックを起こしそうな僕の前で、少年が立ち上がって言った。

「いますぐ、おれに本を寄越せ」

「なにを」

「助けるんだ。わかるだろ」

「わかるって」

けれどそう訊ねようとして、息を呑んだ。少年の瞳が青く燃えていた。その鉱石めいた鮮やかさは人間のそれでないとすぐに理解した。僕は一瞬迷ったが、ソフトシェルジャケットのジッパーを下ろし、隠していた本を手渡していた。

すると少年はかすかに笑い、耳慣れない不思議な韻律を奏ではじめる。

「来い」

おそらく、それは呪文だった。何度も、何度も。謳うようにくり返す。空気に短いノイズが走り、青い火花が散ってゆく。オゾンのにおいがかすかに漂う。

来い。来い。来い。

ブックバンドの金具が弾け、頁が羽ばたくようにめくられる。

「――来いッッ！！」

同時に、なにかが応じた声がした。

それは、まるで空間を裂いいいいいいいたみたいに現われた。

それは、たった一瞬の出来事だった。

それは、巨大な鎧だった。機関をまとった、黒い鉄塊。

ただ一発。

振り下ろされた鋼鉄の腕が、サイレンを、天使の身体を、あたかもビスケットを砕くみたいに、出来の悪いおもちゃみたいに破壊した。

――なにが起きた？

最後まで、僕はまともな語彙で捉えられない。ただひとつ理解できたのは、それは、その鎧は、どこまでも圧倒的な〈力〉だという事実だった。

そして天使は悲鳴ひとつあげられず、ただの残骸と化していた。

あたりには静寂だけが残っていた。

あまりの状況に、言葉が出ない。代わりに銃を下ろした矢島が訊ねる。

「おい、なんだ、そのデカブツは」

その黒い鎧は、あたかも従者のように佇んでいた。

「ああ」

こいつは〈ひかり〉、と少年は本を閉じた。

「第二次大戦後、米軍の払い下げ品のゴーレムをもとに技師たちが設計図を考案、改造し、一九四九年、日本ではじめて実用化された〈ブックモビール〉」

「モビール……？」

響きをうまく受け止めきれず、僕はその末尾をくり返す。

だからさ、と彼はにっと笑ってみせた。

「〈移動図書館〉だよ。実物を見るのははじめてか？」

＊

およそ半日をかけて、僕らは〈図書館〉にたどり着いた。最短ルートであった旧・精華大通りやその南部一帯は被害がひどく、迂回するほかなかった。代わりに旧・けいはんな記念公園を経由し、天使を避けながら半壊した水景園を横目に歩いた。公園の敷地を抜けたあと、歴代の〈ブックシーカー〉たちが使っていたという配電・ネット回線用の地下通路を抜けて〈図書館〉に入った。

けれど内部の様子を見て、僕はひどく驚いた。てっきり〈文字炉〉のために、内部は大きく様変わりしたと思っていたからだ。しかし図書館はかつての空間を維持しており、いまも利用者たちを待っていた。

その戸惑いを察したのか、カフェテリアに入ったところで矢島が言った。

「まあ、制限があるからな」

「制限？」

「貸し出し冊数の上限だ。〈ブックシーカー〉が本を盗めるのは、生体データを登録して、正規の手続きを取るからだ。そうして彼らは町を出て、二度と戻らない。戻れば天使たちに殺される」

「なら矢島さんは？」

「おれはただのツアーガイドだ」

椅子に座り、ふんぞり返るようにそう言った。ならば納得するしかない。

それから僕はもうひとりの相手に向き直る。

「改めてお礼を言わせてほしい。きみがいなければ僕らは死んでいた」

「ツカサだ」

「ツカサ？」

「名前だよ、おれの」

でもあんた、とツカサは意外そうにこちらを見上げた。

「ほんとに〈シーカー〉じゃなかったんだな」

「もちろん。フェアプレイのつもりだったんだけど」

「は？　なにがだよ」

そう訝る相手に対し、皮肉っぽく返す。

「だって僕は、一度も自分自身が〈シーカー〉だなんて名乗ってない」

「いまどき推理小説かよ」

けれどその答え方が気に入ったのか、彼はかすかに声を揺らした。

じゃあ、読者への挑戦だ、とあえて僕はつづけた。

「僕がここに来たのは、とある本を読むためだ。それはなんだと思う？」

するといっとき沈黙が降りた。横では矢島がしずかに紫煙をくゆらせていた。どうやら彼は見て見ぬふりをしてくれるらしい。

ねえ、ツカサ、と僕はふたたび言葉をかける。

「きみは〈移動図書館〉の司書なんだろう？　なら僕は、きみに謝らなくちゃいけないはずだ。けれど、それをどう伝えたらいいのかわからない」

「そうか、あんた」

と、彼ははっとして、瞳に鮮やかな青を宿らせた。

「密告者の息子なのか」

＊

これは、むかしむかしの物語だ。

かつて父は一度だけ、小説を出版したことがあった。けれど次作は書かなかった。そしてそのあらすじさえ、僕に語ろうとはしなかった。

だからそこに小説があることを教えてくれたのは、父の友人たちだった。彼らは時折、僕らの家にやってきて、アルコールで酩酊して潰れていくのが常だった。けれどあるとき、父が席をはずしたすきに、ふと真面目な顔で僕に語ってみせたのだ。きみのお父さんはすごいんだぞ。なんてったって作家だからな。

あのころ僕は、物語に憧れていた子供だった。だからそれは、まるで世界の秘密みたいに響きはじめた。雲の向こうを駆ける竜や、世界の果てに落ちる滝、あるいは貴婦人と一角獣。それらとおなじものが、僕のすぐ近くにも転がっている。

彼らは優しく微笑んだ。でも、いまのきみにはまだ早い。むずかしいんだ。大人になってから読むといいさ。

小説を書かなくとも、父は事あるごとに図書館に通っていた。閉館間際に出てくる父を母と何度も迎えにいったことを憶えている。そのあとはいつも三人で洋食レストランに入って、その日の父の調査結果に耳を傾けるのが決まりだった。けれど当時、僕はその図書館には入れなかった。年齢制限があったからだ。

そう。だからきっと、そこにいたんだ。父の友人が。

あとは想像の通りだ。

父は、大切な友人を売った。そして多くの命を奪った。

あらゆる本を焼いてしまった。

ねえ、ツカサ。だからあのとき、きみも図書館にいたはずなんだ。その鎧みたいな〈移動図書館〉に数えきれない本の山を詰め込んで、だれも知らない遠く向こうへ旅立ってゆくはずだった。そうやってみんなの言葉を、物語を守る約束だった。

だから。

きみの大切な役割を、僕の父が壊してしまった。

*

崩れた線路を、僕はそっと踏み越える。

それらはまるで、だれかが思いつきを書き留めて、そのままにした筋書きのように歪な線の群れだった。矛盾だらけの、けれど懐かしい断片だった。

なあ、と別れぎわ、ツカサは僕に問いかけた。

「あんたの親の小説を〈ブックモビール〉なら運んでいける」

「どういうこと」

「わかってるだろ。このぶっ壊れた世界じゃ、あれが最後の一冊で、唯一の読者はあんただけだ。それでもおれと〈ひかり〉なら、物語を違う世界に連れていける」

あれからずっと、と彼はつづけた。

「おれたちは世界中を逃げるように回ってきた。大切な本を託されたこともあれば、奪われそうになったこともある。けれど多くは灰になった。もう疲れたし、嫌になったんだ。ここに来たのは〈ひかり〉を貸出禁止にして、世界が終わるまで、天使に守ってもらうためだった」

「でもそれは」

と、僕は気づく。ツカサにはもう役目を果たすつもりがないことになる。

そうだ、と彼はその問いかけを肯定する。

「俺は怖くなった。仮に本を連れていくとして、もしその世界も手遅れだったら、と考えた。正直、あんたも似たようなことは思ってたんじゃないか」

「それは、そうかもしれないね」

僕は〈図書館〉に泊まり、あの小説をひと晩かけて読み切った。けれどだからといって、父を赦すことも、愛することも、殺すこともできなかった。物語を好きだった子供はいつしか消えて、けれどまともな大人にさえもなれていない。

それでも、と彼はその鉱石めいた色で僕を捉える。

「あんたは物語を捨てられない側の人間に見える」

「べつに、そんな大層なものじゃない」

ただ、と僕は答える。

「小さいころ、いつも不思議でならなかった。最後の頁が終わったら、その世界はどうなってしまうんだろう、あの人たちはどこへ行くんだろうって思ってた。けれどすぐに怖くなった。本を閉じてしばらく経つと、僕はすっかり細部を思い出せなくなっていて、だからそのとき、僕はだれかの命を奪った気がした」

「でも、それはただの空想だろ」

「あのころは空想と現実の区別なんてなかった。それに、いまもその後ろめたさは消えてない。むしろ前よりずっとリアルで、生々しいよ」

かすかに相手の表情がこわばった。言外の意味に気づいたらしい。

だからさ、と僕はつづける。

「失うことが怖いんじゃない。失ったことを失うのが怖いんだ。どんなに長く語り継いでも、輪転機を回しても、優秀な写本師たちを雇っても、失われることとそれじたいは記述できない。でも僕は、失われることに責任を持ちたかった。看取っておきたかった。ここに来るまで、ずいぶんと時間はかかったけれど」

そう言いながら、僕は彼の手に触れ、小さな青色の紙片を握らせた。

「これは、栞か？」

「父さんの本の、最後の頁にはさまっていたものだよ。見て、ここにチップがはめ込まれている。きっとだれかが、この本が読まれるのを待っていたんだ」

「でも、待ってたって、だれが？」

「〈図書館〉の人たち、だと思う。複雑なロックが施されているけど、きっときみなら開けられる。だってこれは暗号で、その本質は言葉だから」

できるかい、と訊ねると、彼はそっとうなずいた。

そうして青い栞に、あの〈移動図書館〉の不思議な韻律をささやいた。

栞はしずかに反応し、表面をふくらませ、そして咲いた。

世界に、言葉があふれだした。

光が、音が、瞬く間に反響しては交差していく。まるで大がかりな手品のようにそれは広がる。綴りがあたらしい綴りを呼び、極彩色を奏ではじめる。

やがて無数の蝶となって、宙を自在に舞っていく。

そのひとつひとつは、だれかにとっては無意味な文字の羅列にすぎない。数えきれないほどに存在する、顔のない言葉たち。けれど僕にはわかる。それらはすべて〈図書館〉の司書が書き残した、八九四名のリストだった。

「すごいな」

でもどうして、とツカサは呆然とつぶやいた。

「なんでその本だったんだ。作者は赦されないはずなのに」

「わからない」

きっと、その謎はいつまでも解かれない。童心めいた逆説か、あるいは不毛な賭けだったのか。それとも見えない友情があったのか、想像さえもむずかしい。

けれど、それでもつながった。

「ねえ、ツカサ」

僕は手首に巻いていたデバイスで、その言葉たちを記録に写し取っていく。いずれ世界が終わろうとも、失ったことを失わないでいるために。

「もしきみが旅立つのが怖いなら、僕のほんとうの名前をあげる」

「お前の？」

「うん。ここではもう名乗れないから。それを向こうに届けてほしい」

そう微笑んで、顔を近づける。僕はたった三文字の魔法をささやいた。

わずかに彼の目が見開かれる。

そうして僕らは本の頁を閉じるみたいに、そっと言葉を重ねあった。

ここから先は、さよならだよ。

＊

その長い線路の上を歩いていると、いつしか雪が降りはじめていた。

淡い白さを、そっと手のひらで受け止める。

それはまるで小さな余白みたいに、しずかに体温のなかで溶けていく。けれどもし、この雪片たちが、深くふかく、降り積もっていくのなら。
それはいちめんの、あたらしい頁になっていく。
あるいは季節がめぐり、灰のなかから言葉の芽があらわれる。
文字がささやき、歌い、舞いはじめる。
そのころには、僕も、ツカサも、矢島も、あの〈移動図書館〉さえもいない。
いずれは言葉の輪郭さえも失われ、忘れられていく。
春とともに、消えていく。
けれどほんとうの意味で、僕たちはまだ生まれてはいない。
僕たちはまだ出会っていない。

＊

「ねえ、パパ」
「なんだい」
「物語が終わったら、そこにいた人たちはどこへ行くの」

「それはね」

「死んだの？」

「いいや、そうはならない。彼らは次の物語に行くんだよ」

「次？」

「たとえば僕らが物語の住人なら、ほんとうは、ずっと前から出会っている。けれどもいま、僕らはその事実には気づけない。なぜなら記憶を失っているから。かつて僕らは違った名前で、違った姿で、まったくべつのだれかだった。けれど僕らは、この物語で、余白の海でふたたびこうして出会っている」

「えっと」

「むずかしいかい？」

「ううん。でもどうして記憶がないのに、また会ったってわかるの？」

「〈間テクスト性〉っていうものがある」

「かん？」

「ああ、そうだね。簡単にいえば、僕らのまわりに言葉はいつだってあるし、あったし、これからもあるだろうっていうおとぎ話さ。一冊の書物ははじまりも終わりもしない。せいぜいそのふりをするだけだ」

「うーん」

「かえってわかりにくくなったかな」

「うん」

「じゃあ、こうしよう。仮にだけど、僕が短い小説を書いたとする。それをきみはずいぶんとあとになって読む。けれどきみはそれをむずかしくて理解できない。すぐにその内容も忘れてしまう。でもそれでいい。いいんだ。それでもいつか、ほんとうの意味で、めぐり逢う朝がやってくる。ずっと前に出会っていたと、思い出すときがやってくる。それはね、じつはたった三文字だけで約束できる魔法なんだ」

「ほんとうに？」

「ああ、嘘じゃない。ならその証拠に試してみようか。ええと、こういうときにはなんて言葉ではじめるんだったか。ああ、そうだ。むかしむかし、あるところに……」


〈つづく〉

土地と記憶を巡る物語

『京都SFアンソロジー：ここに浮かぶ景色』は、〈観光地の向こう側〉をテーマに、京都を舞台にした八編のSF短編小説を収録したアンソロジーだ。執筆者の皆様にはコンセプトとその意図を伝え、具体的に何を小説の題材にするかはお任せした。

さて、実際に集まってきた原稿を読んでみると〈観光地の向こう側〉というアンソロジーのコンセプトとは別に、全ての作品を通して〈記憶〉とか〈過去の蓄積〉といった要素が共通していることがわかった。ちなみに執筆依頼の際に送ったコンセプトの説明文では〈記憶〉という言葉を使ってはいない。それなのに共通のテーマになっているのは少し不思議だった。

しかし編集作業を進めながら、ある土地について語ろうとするとその土地の記憶というものを避けては通れないのかもしれないという、言葉にすると当たり前にも思えることに思い至った。そこで編集後記では、〈記憶〉と〈過去の蓄積〉をキーワードに各作品を振り返る。以下には盛大なネタバレを含む。そして各作品を個別に読むならもっと違う読み方もあるはずだ。アンソロジーという一つの作品の紹介文として読んでもらいたい。

『京都SFアンソロジー：ここに浮かぶ景色』は、千葉集さんによる存在しない記憶に囚われた人々の話から始まる。「京都は存在しない」では、京都は一九四五年に虚無の柱と化してしまっており、誰も入ることはできない。ところが京都が空洞であることでかえって、人々はその周りをぐるぐると回り続けているのだ。京都での思い出が視えない勢の主人公にとって、視える勢の言動は自分の嘘とは一線を画したものであり、勘違いとか妄想だと否定できるものではない。だが同時に、自分と新島の作った嘘の上に成り立っている視える勢の経験が本当であるはずもない。筋の通った説明が不可能な中で、京都に対する思いだけが宙ぶらりんになっている。

暴力と破滅の運び手「ピアニスト」も記憶に囚われた人の物語だが、ここでは記憶も時間も「京都は存在しない」とは全然違う顔を見せる。ピアニストであるウツィアにしてみれば、音楽というものは時間を凍りつかせ、加速させ、時間を介して他者を支配するための手段なのだ。皮肉にも、記憶の中で凍りついている碓氷を手に入れるためにウツィアが選んだ手段は、刹那的なイメージを具現化して次々と姿を変える《未在の庭》だ。そして、凍りついた過去を追い求めるウツィアが弾く曲は、あり得た過去を夢想する《クラーク・ワークス》なのだ。

鈴木無音「聖地と呼ばれる町で」では、有名な監督の映画の舞台になったことがあるという過去が、〝聖地〟となった土地とそこで暮らす人々の現在に多大な影響を及ぼしている。だが「ピアニスト」のウツィアと比べると、こちらの作品では主人公たちはもう少し前向きだ。人々が何かを熱狂的に愛する限り、〝聖地〟と呼ばれる場所は（その呼称を変えながらも）存在し続けるような気もする。本作は観光地で生きる中でのモヤモヤを消してくれるわけでも、解決策を提示してくれるわけでもないが、丁寧に丁寧に語られる言葉をそのまま届けたいと思った。

野咲タラ「おしゃべりな池」で祖父を捕まえている〈記憶〉は、かつて京都に存在した巨椋池の記憶だ。鑑賞者と絵画との距離や見方によってくるくると印象を変える連作絵画《睡蓮》のように、祖父から聞いた話をきっかけに小説の舞台である久御山が新しい姿を見せる。かつて池の底であった場所から池の言霊のシャボン玉が浮かんでくるという光景は、記憶や時間の層の下の方から思い出がポコポコと浮かんでくるようだ。そして読み終わった後に、再度表紙をゆっくり眺めてほしい。

溝渕久美子「第二回京都西陣エクストリーム軒先駐車大会」では、主人公たちは全く違う方法で土地の記憶と出会う。〈エクストリーム軒先駐車〉というスポーツを介して、生活の場のあちこちに残っている町の記憶と出会うのだ。狭い軒下に駐車をするという西陣の人々の習慣は、長い町の歴史の中で人々の知恵と工夫によって生み出されたものだ。私たちの生活様式も文化も、物質的な基盤（この場合は地理的な条件）と無関係ではいられない。そしてこの〈京都西陣エクストリーム軒先駐車大会〉は、歴史の中で消えていくものたちへの記念でもあるのだろう。

麦原遼「立看の儀」では、消えゆくものへの記念は全く別の形で現れる。主人公たちは立看が生活に根ざしていた頃のことは知らない。数少ない史料しか残されていない中で、立看という文化を保存しようとしている。だが保存の対象になったとき、それがどんなに丁寧な考証と善意に基づいたものであったとしても、物事はもともと持っていたパワーを失う。だから作中で先輩は葛藤している。ラストの先輩の行動は、立看という文化の〈記憶〉が先輩を通して火花を散らした、というふうにも見える。

そして最後の藤田雅矢「シダーローズの時間」と織戸久貴「春と灰」を通して、一枚一枚重なった過去たちが緩やかに解き放たれていく。「シダーローズの時間」は、このタイトルによって小説の全ての要素ががっちりと噛み合うような素晴らしいタイトルだ。何気なく語られる植物園を巡る主人公の思い出、植物園と京都の歴史、松ぼっくりと銀河、一瞬の出来事と悠久の時の流れ、それら全てがつながり合い、積み重なり、一つのシダーローズを形づくる。府立植物園を中心に。ちなみに最初と最後に出てくる「まんまんちゃんあん」とは、「南無阿弥陀仏」と「あな尊し」を意味する関西弁だ。

「春と灰」は知恵と記憶の保管庫とも言える図書館をめぐる物語だ。それぞれの本にはひとつの世界がある。主人公は本が終わった後も続いていく作中の世界と登場人物たちに思いを馳せるのだが、それは同時に、許されざる過ちを犯した父の過去と向き合うことでもある。忘れられ、消えていってしまうものたちを、それでも後生大事に抱えながら未来へと解き放っていくような本作を、アンソロジーの最後に置いた。アンソロジーが終わっても、京都での生活は終わらない。

＊

アンソロジーを編集する上では、京都市を舞台にした話だけにならないようにするということを大切にした。同時に〈京都〉という土地の名前を冠して出す本として本当は入れたかったが入れられなかったものもたくさんある。いないことに、いなかったことにしないために。

どこかの作品の中に登場させたいと思っていたのに叶わなかったものの一つに〈いきいき市民活動センター〉がある。この場を借りて少し紹介させてほしい。いきいき市民活動センター（通称：いきセン）は京都市内に十三ヶ所ある公民館のような施設だ。二〇二二年三月までは、市民団体は一時間あたり一〇〇円という破格の値段でほとんどの部屋を借りることができた。京都に住む外国人コミュニティーや、演劇・ダンス・勉強会などの市民の文化活動の拠り所となってきた。しかし公費の負担が大きいとして、現在の利用料は一時間あたり最大六百円（ホール等は八百円）まで値上げされている。いきセンはもともとは隣保館として建てられ、早いものでは一九二〇年代からある。戦前・戦後、そして現在の京都で様々な役割を担ってきた存在だ。

また、このアンソロジーを読んで京都という土地がわかるかと言われたらそんなことはないと思う。京都という土地を理解する上で必要なものが抜けているという編者の技量の話ではなく、そもそも個々の物語は一般化を拒むものだからだ。だから私たちは物語を作り続けるし、読み続ける。

ポコポコと吹き出す池の言霊のように、ここから見える景色／あなただけの景色／ともに見る景色たちが京都の上空に浮かんでいる光景をイメージして鴨川のほとりで空を見上げながら、このアンソロジーを締めたいと思う。

二〇二三年七月七日　井上彼方

編者：井上彼方

京都で猫と暮らしている。SF企業VGプラス合同会社。オンラインSF誌 Kaguya Planetのコーディネーター。編書『SFアンソロジー 新月／朧木果樹園の軌跡』（Kaguya Books ／社会評論社）、『社会・からだ・私をフェミニズムと考える本』（社会評論社）、『結晶するプリズム　翻訳クィアSFアンソロジー』（共編）。

装画・装幀・DTP：谷脇栗太

イラストレーター・デザイナー・リトルプレス編集者。企画・制作した書籍にエッセイアンソロジー『みんなの美術館』、文芸アンソロジー『貝楼諸島へ / 貝楼諸島より』、『クジラ、コオロギ、人間以外』、自作掌編集『ペテロと犬たち』など。大阪のリトルプレス専門店〈犬と街灯〉店主であり、朗読詩人としてライブ活動も行う。

京都SFアンソロジー：ここに浮かぶ景色

2023年8月31日　初版第一刷発行

編　者　井上彼方
発行人　井上彼方
発　行　Kaguya Books(VGプラス合同会社)
〒556-0001
大阪府大阪市浪速区下寺2丁目6-19 ヴィラ松井4C
info@virtualgorillaplus.com
発　売　株式会社社会評論社
〒113-0033
東京都文京区本郷2-3-10 お茶の水ビル
TEL 03-3814-3861　FAX 03-3818-2808
装画・装幀・DTP　谷脇栗太
印刷・製本　株式会社シナノ

ISBN 978-4-7845-4149-2　C0093